수첩이 걸어간다

신숙영 수필집

수첩이 걸어간다

문학산책사

책을 내며

한 우물

느리게 움직이는 잉어들을 바라보며 삶의 여유를 찾는다. 산다는 게 무엇인지 급할 것도 서두를 것도 없는데 바쁘게 살다 보면 놓치는 일들이 많다.

아침 운동으로 안양천을 자주 걷는다. 유유히 흐르는 물속에서 다시 한번 여유를 얻으며 두 번째 수필집을 들고 교수님 댁에 찾아갔던 일을 떠올려 본다. 출간 기념으로 교수님 호 앞자리를 따서 설하 雪下라는 호를 내게 지어주었다. 살얼음 속에서도 유유히 흐르는 물처럼 잔잔한 글을 써서 주변 사람들의 사랑을 듬뿍 받으며 살아가라는 의미라고 했다. 그 말을 가슴에 간직하고 오로지 수필 쓰기만 고집한 지 24년이다.

지금까지 고향 친구들과의 이야기를 주로 다루었다. 그런데 이번 수필집은 친정에서 있었던 소소한 일들과 엄마의 유물 베솔을 다루며 고향에 대한 향수를 다시 더 느꼈다. 그리고 시댁 어른들께서 베풀어준 소중한 사랑 이야기를 다루다 보니 마음이 무겁기도 했다. 마지막으로 여행을 하며 보고 느낀 잔잔한 이야기들이다.

이 책은 내 회갑 기념이며 정년 기념이기도 하다. 그래서 더 긴 시간을 기다리며 소중하게 만들고 싶었다.

여기까지 걸어오는 동안 함께 글 정을 나눈 지인들과 글을 쓸 수 있도록 지도해주신 배준석 선생님, 첫 등단작품을 추천해주신 김우종 교수님께 감사드린다.

2022년 8월에

전 숙 영

신·숙·영·수·필·집 **수첩이 걸어간다**

차례

책을 내며

|부 수첩이 걸어간다

2부 호박잎국

3부 행복한 목요일

4부 일탈을 즐기다

5부 그 미소에서

1부 수첩이 걸어간다

베솔

친정집 뒷마루에 베솔이 굴러다닌다. 어릴 적부터 쭉 보아온 것 같은데 한동안 눈에 뜨이지 않더니 몇 해 전부터 자꾸 보인다. 베솔은 몽당연필처럼 다 낡아서 제구실을 못하기도 하지만 이제는 그 쓰임조차 잃었으니 할 수 있는 게 아무것도 없다.

베솔을 본 첫해는 고운 엄마를 떠올리기만 하였을 뿐, 별다른 생각은 하지 않았다. 주름살 하나 없던 엄마가 사용하던 것이기에 갖고 싶은 욕심은 있었어도 꼭 가져와야겠다는 생각은 하지 않았다. 다만 잘 보관해 두고 싶은 마음만 가득했다. 그런데 언제부턴가 베솔이 점점 더 작아지고 있었다. 사용할 일이 없는 것 같은데 의문이 일어 엄마께 여쭈었다. 엄마는 베솔로 돌절구를 닦는다고 한다. 그리고 보니 그럴 만도 할 것 같았다. 베솔은 나무뿌리로 만들었기에 빳빳하다. 힘없이 구부러지는 플라

스틱 솔에 비할 수 없을 만큼 튼튼하고 굵고 긴 자루까지 있으니 큰 돌절구를 닦기에 제격인 것 같았다.

나는 그것이 내심 욕심이 났다. 하지만 입안에서만 맴돌 뿐 그 말이 차마 나오지 않았다. 그렇게 몇 해를 보냈을까. 엄마는 그런 내 마음을 읽었는지

"너, 저 베솔 갖고 싶지?"

하고 넌지시 물었다.

그 말을 얼마나 기다렸던가. 대답 대신 눈웃음만 살짝 띄웠는데 엄마는 낡을 대로 다 낡은 베솔을 예쁘게 포장해서 짐 보따리에 넣어준다. 돌아오는 길이 흐뭇했다. 엄마의 유물 하나를 내가 간직할 수 있다는 것도 뿌듯하지만 어려웠던 시절 가족의 생계를 책임졌다 해도 과언이 아닌 것이기에 더 그랬다.

모시나무는 기름진 옥토와 거친 땅을 가리지 않았다. 뿌리 하나 걸쳐지면 그게 어디이든 터 잡아 쑥쑥 자랐다. 봄부터 초가을까지 서너 차례 자르는데 이파리는 따서 버리고 윗부분을 꺾어 껍데기를 벗겨 내고 하얀 속대를 분리해서 껍데기와 흰 부분을 모시 칼로 훑어냈다. 그리고 하얀 부분을 가지런히 묶어 흐르는 물에 몇 차례 헹궈 평지나 빨랫줄에 걸어 잘 말려 두었다.

겨울이 되면 물에 살짝 불려서 엄지와 검지 사이에 걸친 다음 엄마 손등 위에 팽이처럼 돌돌 말았다. 그리고 한 줄 한 줄 풀어 쪼개는 일이 엄마 몫이었다. 하얀 모시 가락을 앞니와 송곳니로 지그시 깨물어 가늘게 쪼개서 백발 머리처럼 길게 늘어

뜨린다. 그리고 위쪽은 모시와 모시 사이를 잇기 좋게 모시 톳으로 작은 도마에 대고 박박 긁는다. 그렇게 해서 양털처럼 만들어 놓으면 그 모시를 할머니께서 쩐지에 걸어 놓고 한 가닥 한 가닥 잇는다.

한겨울 할머니와 엄마의 부업으로 모시 쪼개기와 삼기는 가족의 생계였다. 시골에서 하는 부업으로 고가의 수입이었다. 돈이 급하면 삼지 않은 태모시를 내다 팔았고, 돈이 급하지 않으면 겨우내 삼아 놓은 모시를 이른 봄 베틀에 앉아 천으로 짜서 내다 팔았다. 물론 그 일도 엄마 몫이었다.

쩐지는 대나무를 할머니 앉은키만큼 잘라서 모시를 걸 수 있도록 윗부분을 브이자 모양으로 갈라놓은 것이다. 아랫부분은 그 나무가 쓰러지지 않도록 네모진 나무토막에 박아서 만든 것인데 한마디로 모시 삼는 데에 있어 사용하는 도구다. 양쪽으로 두 개를 만들어 하얀 모시를 걸쳐놓고 한 가닥 한 가닥 이은 모시를 광주리 모양으로 동그랗게 잘 삼아 놓는다. 어느 정도 양이 채워지면 뒤집어서 꾸리를 만들었다.

당시 시골집 가정에는 아이들이 많아서 그렇게 삼아 놓은 모시를 엎지르는 일도 자주 일어났다. 그때마다 꾸중을 들었지만 돌아보면 화기애애하던 그때가 좋았다. 그러니 한겨울 추위가 찾아오면 그때 할머니와 엄마의 모습이 굴뚝 연기처럼 추억으로 피어오른다. 안방 아랫목은 할머니가, 윗목에는 엄마가 앉아 오순도순 모시를 쪼개고 삼던 모습이 아련하다.

우리 집 안방에는 그렇게 모시 삼는 아주머니들로 늘 북적였다. 지금 돌이켜 보면 땔감을 아끼지 않았던 아버지의 배려 때문인 것 같기도 하고 할머니와 엄마의 인정이 동네 어르신들을 불러 모은 게 아닌가 싶다. 이제는 그 뒤를 이어 친정 동네에 사는 고모가 예전의 그 역할을 하고 있다. 달라진 게 있다면 모시 삼는 일 대신 윷놀이하는 장면과 안방에서 거실로 바뀌었다는 것이다. 부지런한 고모부는 틈만 나면 산에 가서 나무를 해 왔다. 나무보일러를 설치하여 몇 분 안 되는 동네 어르신들이 뜨뜻하게 지낼 수 있도록 하기 위함이다.

엄마의 베솔은 지금 우리 거실에 놓여 있다. 내가 아끼는 다듬잇돌 위에 말과 됫박이 있는데 그곳에 베솔도 얌전히 앉아 있다. 어려웠던 시절을 도란도란 이야기하는 것처럼 고만고만한 물건들이 모여 있는 게 보기 좋다. 이 광경을 볼 때마다 이른 봄, 하얀 모시를 마당 한가운데에 길게 펼쳐놓고 풀을 발라 삼았던 일이 그리워진다. 그 작업은 아무나 할 수 없는 일이어서 고도의 기술자만이 해내곤 했다.

엄마는 베틀에 얹을 모시를 돌돌 말아 베틀 뒤쪽에 걸쳐놓고 한 줄 한 줄 엮어 나갔다. 모시가 건조하지 않게 물을 묻혀가며 북 안에 꾸리를 넣어 찰깍찰깍 베를 짜던 어머니. 양손과 발을 다 움직이며 베틀에서 쉽게 내려오지도 못하고 적어도 닷새 정도는 모시를 짰던 것 같다.

그 젊은 날의 엄마는 어디 갔을까. 그리도 곱던 엄마 얼굴에

도 낡음낡음한 베솔처럼 잔주름이 패 있고 낡고 낡은 솔의 끝
자락처럼 몸도 점점 작아지고 있다. 시골에서 농사일을 지었어
도 그토록 뽀얀 피부가 이제는 거무튀튀한 베솔처럼 잔뜩 그을
려 있지만 나는 그런 엄마의 긴 세월을 그대로 내 안에 꼭 담아
둘 참이다. 저 솔이 세월의 흐름에 있어 아무런 쓸모가 없게 된
지금도 내게는 소중한 물건이 된 것처럼.

수첩이 걸어간다

수첩을 받아드는 것만큼 설레는 일이 없다. 손바닥만한 수첩을 여는 순간 첫눈을 밟는 듯 하얀 메모장이 반기고 있으니 기다리던 첫사랑을 만난 것 같지 않은가. 그리고 한 해를 같이 갈 그 공간에 깨알 같은 사연을 차곡차곡 정리하며 연애하는 기분. 그러니 연애 상대로 수첩 말고 더 좋은 대상이 어디 있을까.

연말이나 새해에 수첩을 주는 지인 마음은 일 년 내내 잊지 않는다. 그 안에 내 일정을 메모하고, 한 해 계획을 써서 각종 기념일과 기억할 일들을 챙기기 때문이다.

언제부턴가 메모하는 습관이 생겼다. 그리고 수첩을 펴서 읽어보면 별일 아닌 것 같은데 새로움이 보인다. 아이들이 쑥쑥 자라는 모습, 뜻밖에 튀어나오는 단어, 예상하지 못한 행동을 보고 적다 보니 흥미로웠다.

틈틈이 기억할 일들을 적는 내 모습을 본 아버님은 회의를 마치고 돌아오며 노란 마크가 찍힌 검은 수첩과 메모장, 그리고 가계부를 건네주었다. 나는 그 수첩 안에 일정표를 적고 일기를 썼다. 메모해 놓아야 기억을 하기 때문이다. 그런 수첩은 나와 함께 일 년을 지내고 나면 서재 한쪽에 앉아 다음 해, 나를 내려다보기도 하고 기억하지 못하고 있는 일들을 되살려 주기도 한다.

어느 해에는 수첩을 구하지 못해 고민하고 있는데 같이 공부하던 지인이 연두색 수첩을 주었다. 새해 선물로 흡족했다. 내게 있어 꼭 필요한 수첩이고, 신년 계획을 적어 함께 걸어가기 때문이다. 그 안에 각종 모임 날짜와 아이들 수업하며 일어나는 잔잔한 이야기를 적었다. 무엇 하나 소중하지 않은 게 없었다. 이런저런 일들이 적혀 있는 작은 수첩이 주는 행복은 한 해를 마무리하고 나서 더 느낀다.

수첩에 적어놓는 메모는 사소한 것들이다. 건강이나 요리, 상식에 관한 메모는 생활에 도움이 되고, 어원이나 명언 같은 단어에는 창작 활동에 보탬이 된다. 이렇게 잔잔한 메모는 세월이 흘러가도 변하지 않는다. 게다가 수첩에 적혀 있는 전화번호와 명언들을 쉽게 찾아볼 수 있어 편리하다. 제아무리 문명이 발달하였다 하더라도 수작업으로 정리한 것에는 당할 재간이 없다. 휴대폰에 저장된 메모는 버튼 하나 잘못 누르면 순식간에 지워지는데 수첩에 써 놓은 메모는 그럴 일이 없어 안심이다.

이하윤 시인의 '메모광'이라는 글이다. '불을 끄고 자리에 누웠을 때, 흔히 내 머리에 떠오르는 즉흥적인 시문 밝은 날에 실천하고 싶은 이상안理想案의 가지가지 나는 이런 것들을 망각세계로 놓치고 싶지 않다. 그러므로 내 머리맡에는 원고지와 연필이 상비되어 있어, 간단한 것이면 어둠 속에서도 능히 적어 둘수가 있다.' 이하윤 시인은 '수첩도 메모 용지도 잘 사용하지 않는다고 했다. 아무 종이나 원고지 공책 여백을 가리지 않고 닥치는 대로 메모를 한다고 한다. 앞, 뒷면으로 상하종횡上下縱橫으로 쓰고 지워서 닳고 해지는 동안에 정리를 당하고 마는지라, 수첩을 메모지와 겸용한다면 한 달도 되지 않아 잉크투성이로 변할 것이다.'라고 말한 것처럼 메모하는 습관은 몸에 배어있어야 하는 일이다.

메모라는 것은 여러 가지 계획들을 정리하는 것도 재미있고, 다 쓴 수첩을 보관해두는 것도 재미있다. 어떤 수첩을 받았느냐는 중요하지 않다. 수첩 안에는 수없이 많은 일이 다 살아 움직이고 있다. 슬픈 사연도 기쁜 사연도 함께 가는 길이라면 사뿐사뿐 걸어가듯 남겨진다. 수첩에 적힌 글자들이 도란도란 앉아있는 모습을 보면 사이좋은 친구처럼 보인다.

대중교통을 잘 이용하는 나는 버스 안에서 일어나는 일들도 수첩 안에 메모하는 버릇이 있다. 학생들이 주고받는 대화나 어르신들이 나누는 이야기를 듣다 보면 적고 싶을 때가 있다. 어른들 사연 속에는 살아가는 지혜로움이 있는가 하면, 학생들 대화에는 별일 아닌 것에 웃음이 절로 나온다.

청소년답게 친구 사이에 있었던 고만고만한 이야기, 학교생활, 가정사가 화두에 오른다. 좀 아쉬운 게 있다면 말끝마다 입에 담지 못할 폭언을 하여 마음 불쾌할 때도 있다. 그런데도 사람들 살아가는 이야기라는 이유로 귀를 쫑긋 세우게 한다. 또 선거 때가 되면 정치 이야기가 나오는데 간간이 고향 냄새를 풍겨서 피식 웃음이 나온다. 그 가정이 어느 지역 사람인지 상상을 하게 한다. 이렇게 사소한 이야기라도 메모를 하지 않고 듣기만 한다면 곧 잊어버린다.

대중교통은 서민들이 살아가는 비좁은 공간이다. 그 안에서 일어나는 소소한 이야기를 놓치지 않으려고 메모를 한다. 현장에서 일어나는 사연들을 적어놓은 수첩을 들고 긴 노선을 탔을 때 지루하지 않다. 한 장 한 장 읽다 보면 나도 모르게 새어 나오는 미소가 누군가를 웃게 할 것이다. 하찮은 글귀가 유익한 정보로 다가올 때도 있지만, 잠시 잊고 살아온 일들을 되살리기도 한다. 그래서 나에 대한 반성할 기회도 준다. 또 지하철을 이용하며 멋진 시를 만나는 날, 수첩 안에 적다 보면 마음이 뿌듯하다. 작은 수첩이 주는 큰 힘이다.

'부지런히 메모하라. 쉬지 말고 적어라. 기억은 흐려지고 생각은 사라진다. 머리를 믿지 말고 메모해 놓은 글을 믿으라. 메모는 실마리다. 메모가 있어야 복원된다. 습관처럼 적고 본능처럼 기록하라' 이 말은 −정민, '다산선생 지식경영법에서'− 발췌했다.

이렇게 수첩에 적혀 있는 메모는 마음 깊은 곳에서 조용히 머물고 있다가 정신을 번쩍 들게 한다. 물수제비의 울림처럼 잔잔히 퍼져나가면서 심금을 울리기도 하지만 내가 걸어갈 길을 안내하는 동반자다.

오배자나무

부천에 있는 백만 송이 장미축제장에 갔다. 끝 무렵이라 시들어가는 꽃들이 많다. 멀리서 바라볼 때는 화사하고 아름다운 꽃들이 가까이 다가가면 다가갈수록 누런 꽃잎들이 보인다. 그런데도 사람들이 군데군데 모여서 사진을 찍고 있다. 그 시들어가는 꽃 속에서 몽우리 못지않은 아름다움을 발견했다.

한 송이 장미꽃이 피어나기까지는 많은 시간이 걸린다. 얼어붙은 땅을 비집고 나와서 한 잎 두 잎 펼쳐지는 꽃잎의 신비로움이 있기에 아름다운 꽃을 볼 수 있다. 그 아름다운 꽃들이 꺾이지 않도록 병정 같은 가시가 감싸고 있는 것도 꽃의 아름다움을 유지하기 위함이다. 그러고 보면 환영도 받지 못하는 가시의 희생이야말로 그 어떤 꽃보다 더 아름답다.

빨간 넝쿨장미가 탐스럽게 피어 있는 꽃길 옆에 장미의 전설

표지판이 있다. 장미 하면 꽃의 여왕이 아닌가. 그런데 아도니스라는 미소년이 미의 여신인 아프로디테의 사랑을 받고 있었다는 것이다. 이를 질투한 아프로디테의 남편인 헤파이스토스는 멧돼지로 변해서 사냥하던 아도니스를 물어 죽였다고 한다. 이때 아도니스가 죽으면서 흘린 피에는 아네모네 꽃이 피고, 아프로디테의 눈물 속에는 장미꽃이 피었다고 한다. 그 아름다운 장미꽃 속에 이처럼 애절한 사랑과 질투가 있었다는 것이 슬프지만 사람들로부터 사랑을 받고 있기에 그 사랑이 헛되지 않은 것 같다

장미꽃밭 가까운 곳에 생태공원이 있어 잠시 들렀다. 아담한 2층 건물은 동, 식물과 나무들에 대한 전시관이다. 1층 곳곳에서 할머니들이 안내한다. 그곳에 온 사람들에게 웃음도 주고 사진도 찍어주며 잘 모르는 식물에 대해서 자세하게 설명도 해준다. 그리고 2층에는 할아버지들이 안내한다. 노인 일자리 창출을 위한 것인가 싶어 할아버지께 여쭈었더니 아르바이트한다며 미소를 짓는다.

한여름 여유로운 나들이에 나섰다가 모르고 지내온 식물에 대하여 알게 된다는 것은 좋은 일이다. 나는 할아버지께 설명해줄 게 있냐고 묻자 붉나무에 대하여 알고 있냐고 한다. 붉나무라는 말을 처음 들었다. 어떤 나무인지 호기심이 생겼다. 할아버지는 관심을 보이는 것이 고마운지 흡족한 표정으로 자리를 권한다. 동심으로 돌아간 우리는 작은 책상에 옹기종기 모여 앉

았다. 할아버지는 차근차근 설명한다. 알고 보니 그 붉나무는 시골 뒷산에서 흔히 본, 개옻나무였다. 옻을 잘 타는 나는 옻나무 근처도 가지 않았다. 바라만 봐도 온몸에 옻이 올라 오돌오돌 솟아오르고 근질근질하기 때문이다.

할아버지가 어릴 적에는 소금이 귀했다고 한다. 한여름 열무 김치에 꽁보리밥을 자주 비벼 먹었는데 그때, 소금이 없으면 아버지가 산으로 올라가 붉나무를 잘라왔다고 한다. 그 나무에는 수수 알 만한 열매가 있었는데 뒤집어 씌워져 있는 흰 가루는 짠맛과 신맛이 있어 염부목鹽膚木 염부자鹽膚子 라고 불렀다고 한다. 동글고 납작한 열매는 시고 짠맛이 나는데 흰 가루로 덮여있다는 것이다. 또 잎에는 굵은 벌레집이 달리는데 이것은 오배자라고 부르며, 잎이 단풍처럼 붉고 아름답게 물들어서 붉나무라고 부른다는 것이다. 그래서 붉나무의 이름은 오배자 나무. 소금 나무라고도 불린다고 한다.

바닷가에서 거리가 먼 산골 마을 사람들은 소금이 귀했다고 한다. 그래서 이 열매를 따다가 절구통에 넣고 찧어서 물에 주물러 그 물로 두부를 만드는 간수로 사용했다는 것이다. 그리고 그 물을 열무김치에 버무려 밥을 비벼 먹으면 맛이 일품이었다고 한다.

충남 서천 바닷가에서 태어난 나는 소금이 그렇게 귀한 줄은 모르고 살았다. 장독대 큰 항아리는 소금이 가득 있었고, 바다에 나가면 염전도 있었기에 떡판 같은 염전에 하얀 소금을 산더미처럼 쌓아 놓은 장면은 보았어도 붉나무를 잘라 소금 대신 사용한다는 것은 처음 알았다. 할아버지 이야기는 우리의 발길을 머물게 한다. 옻나무로 착각하고 가까이 다가가지도 못한 채, 주렁주렁 매달린 나무의 열매가 아무짝에도 소용없는 줄 알았는데 보릿고개 그 어려운 시절 식탁에서 환영받은 것이다.

할머니 할아버지들은 이 공원에서 소금 역할을 하고 있다. 젊고 예쁜 안내원이 아닌 시들어가는 꽃잎이 아닌가. 그런데도 그 모습이 아름답게 보이는 것은 장미 나무의 가시처럼 보이기 때문이다. 가시가 손등을 찔러서 피가 나는 것만 두려워할 게 아니라 그 가시가 있기에 아름다운 꽃이 오래오래 피어 있는 것이다. 언제 또 이곳에 와서 할아버지의 구수한 이야기를 들어볼 수 있는지 모르겠지만 돌아오는 발길은 흐뭇했다.

백만 송이 장미꽃이라고 해서 다 아름다운 건 아니다. 각각의 색깔이 있고, 모양이 있고. 향기가 다르기 때문이다. 그런데도 축제장을 찾는 것은 그 여러 종류의 꽃들이 한 곳에 어울려 있기 때문이다. 혼자 있어 아름다운 게 아니라 모여 있어 아름다운 것이다.

소금은 어디에 갖다 놔도 상하지 않는다. 아무리 긴 세월이 흘러도 변하지 않는다. 소금 없이는 어떤 음식도 만들 수 없다. 넘쳐도 부족해도 안 되고 꼭 적절한 곳에 필요한 만큼만 들어가는 것이 소금이다.

장미축제는 사람들의 삶이 아닌가 싶다. 소금 같은 사람들이 모여서 좋은 마을을 이루듯 수많은 꽃이 한 곳에 뭉쳐서 아름다운 동산을 만들었다. 그리고 우리는 그 꽃을 보기 위하여 축제장을 찾아간다. 어쩌면 꽃 속에서 풍기는 아름다움보다 사람에게서 풍기는 소금 같은 아름다움이 더 강하게 숨어있는지도 모른다. 시들어가는 장미꽃 속에서 나는 아르바이트로 나선 할머니와 할아버지의 향기를 찾아본다.

 야산을 공원으로 만들어 놓은 곳이다. 한여름 더위를 피해 나온 사람들의 쉼터에서 할머니 할아버지가 일 할 수 있는 모습을 보니 아름다웠다. 시골 뒷동산에 올라온 느낌이다. 어릴 때 자주 보아온 농기구가 전시되어 있고, 흔하게 만났던 풀들이 자연스럽게 맞이하는 곳. 들꽃들의 이름은 잘 몰라도 살랑살랑 이파리 흔들며 반겨주기에 마음이 평화롭다. 고만고만한 사람들이 모여 사는 것처럼 비슷비슷한 식물들이 환영하고, 백만 송이 장미꽃은 해마다 색색으로 피어서 지쳐 있는 우리를 반기고 있는 곳이다.

까막눈

 칠십 남짓한 시골 아줌마가 민원실로 들어왔다. 하이패스 충전을 해달라며 카드를 건네준다. 십만 원을 충전하는 사이에 미납도 확인해 달라고 했다. 차량번호가 몇 번이냐고 묻자 또박또박 불러준다. 조회 결과 미납일이 지나 4,500원이라는 과태료가 붙어있는 1건과 최근 미납 900원이 있다.

 도로마다 관리하는 업체가 다르다. 한국도로공사 사무실에 가면 민자 도로 미납도 조회는 해주지만 수납은 받지 않는다. 그러나 다수의 고객은 전국 도로가 호환되는 줄로 안다. 충전하며 결산을 다 냈는데 무슨 소리냐고 흥분하는 고객들이 종종 있다. 그럴 때마다 차근차근 설명해주면 잘 이해하는 고객도 있지만 그렇지 않은 고객도 있다.

 그녀에게 이의 신청서를 써달라고 했다. 고지서를 두 번 보냈으나 납부가 되지 않아 과태료가 붙어있으니 감면을 해주려는 참이다. 이름, 전화번호, 연락처, 그리고 신청 사유라는 내용을 간단히 적어 달라고 했다. 그녀가 난감한 표정을 지어 고지서를 받았는지 못 받았는지 간단하게 써 달라고 했다. 신청서 사유를 보니 '몰낫씀, 직원이 여러명이기애.'라고 솔직하게 적어놓았다. 살짝 웃음이 나왔으나 꾹 참았다. 2건에 대한 원 통행료 1,800원만 받았더니 고맙다며 꾸벅 인사를 한다.

차량번호에 나오는 주소가 '농업회사법인 OO주식회사'라고 쓰여 있다. 미납 조회를 하다 보면 이와 비슷한 문구가 종종 눈에 뜨인다. 가끔 그것이 궁금하였다. 수수하게 보이는 그녀는 김치공장을 운영한다고 한다. 화들짝 놀라 다시 보았다. 곤색 작업복 잠바에 시골 아줌마 파마머리다. 사장님이라는 것이 믿어지지 않는다. 게다가 손가락 마디마디가 뭉툭뭉툭한 옹이 모양이 붙어있어 측은하게 보인다.

저 뭉툭한 손으로 쉬지 않고 일을 하여 직원 서른다섯 명이나 먹여 살린다고 한다. 대단하다. 그 시절이라면 공부를 하고 싶어도 돈이 없어 학교에 가지 못했을 것이다. 배움의 길이 짧아 한글을 잘 모르고 문법은 틀려도 계산만큼은 정확하다.

수 개념이 뚜렷한 그녀가 말했다. 직원들 배 굶기지 않는 게 인생철학이라고. 직원들이 마음 편안해야 본인도 편안하다고. 그러면서 직원들이 움직이며 발생한 미납을 말끔히 정리한다. 억척스럽게 살아온 칠십 대 여사장은 흐뭇한 마음으로 뒤뚱뒤뚱 오리처럼 걸어 나간다. 그 뒷모습을 한참 동안 바라보았다. 칠흑 속에 빛나는 별빛보다 더 밝고 아름답다.

그날 저녁 '꽃길만 걸어요.'라는 드라마를 봤다. 사려 깊고 인정 많은 양희은, 그녀도 사 남매 순두부집을 운영하며 어렵게 살아간다. 그래도 행복한 가정이다. 그 집 종업원이 그랬다. 형님은 한글을 배우지 못해 까막눈이지만 숫자는 정확하다고. 낮에 온 고객이 그랬다. 드라마 내용은 푸근한 가정과 한국 어머니를 그리고 있다. 그 덕에 피로에 지친 저녁 시간을 훈훈하게 보낸다. 그러고 보면 드라마가 현실이고, 현실이 드라마다. 어려웠던 시절 어머니들 희생이 있었기에 행복한 지금이 있는 것이 아닐까 싶다.

드라마가 끝나고 뉴스를 보는데 문득 큰외삼촌이 생각났다. 5, 60년대 삼촌은 동대문 평화시장에서 채소를 팔았다. 그러니 누구보다도 수 개념이 빨랐다. 채소를 팔고 집에 오면 피곤했을 텐데 밤마다 오빠와 겨루기를 했다. 오빠는 주산을 두드리고 외삼촌은 암기로 계산을 하였는데 정확한 답을 먼저 했다고 했다. 오빠는 한 번 틀릴 때마다 벌칙으로 종아리 한 대씩 맞으며 산수 문제를 풀었다고 했다. 그렇게 어린 시절을 보내며 아버지를 이길 욕심에 더 노력하여 그 유명한 덕수상고를 졸업하고 은행에 들어갔다. 실력이 우수한 오빠는 S은행 1등 점장님이라는 호칭을 달고 근무하다가 정년을 맞이하였다.

김치공장 여사장을 보며 또 하나 떠오르는 것이 있다. 엄마는 달력이나 수첩에 메모하지 않아도 가족이나 동네 사람들 가정 행사를 다 기억했다. 지금 생각해보면 어떻게 그렇게 다 기억하고 살았는지 모르겠다. 나는 그 당시 엄마 나이보다 더 젊어도 메모를 해두지 않으면 까맣게 잊어버린다. 모든 생활이 기계화되면서 잊고 사는 건지. 바쁘다는 이유로 알면서도 모르는 척 넘어가는 건지, 그것도 아니면 일일이 다 챙긴다는 것이 부담스러워 그러는 건지 모르겠다.

김치공장 사장님은 일반 김치도 있지만, 해남에서 직접 농사지은 보라색 배추김치를 더 많이 한다고 했다. 그 김치는 국내 시판보다 일본으로 수출한다고 했다. 비록 한글은 잘 모르는 까막눈이지만 김치 하나는 그 누구보다 맛있게 만드는 사장님일 것이다. 시골 아줌마 같으면 어떠하랴. 직원들이 배부르고, 행복하면 되는 것을.

살다 보면 배움이나 학벌도 중요하지만 어떤 사고를 갖고 살아가느냐가 더 중요하다고 생각한다. 누구나 자신만의 철학이 있다. 학력이 좋다고 해서 성공하는 것도 아니고 학력이 낮다고 해서 못사는 것도 아니다. 성공한 사람들 대부분을 보면 신뢰를 가장 중요시했다. 성실한 마음과 겸손한 마음으로 기업을 이끌어 왔기에 성공할 수 있었고, 따뜻한 사회가 이루어졌을 것이다.

그 여사장이 그랬다. 자신은 머리를 써서 골치가 아프다고. 그렇지만 자신이 데리고 있는 종업원이 배부르면 자신도 배가 부르다고 한다. 그녀는 초가지붕 위에 핀 하얀 박꽃보다 더 밝은 표정을 짓는다. 진정으로 행복한 표정이다.

'몰낫씀, 직원이 여러명이기애'라고 쓴 삐뚤삐뚤한 글씨 속에서 순수한 사랑의 전율이 흐른다. 까막눈이 주는 가슴 뭉클한 사랑을….

딱따구리

"텅텅텅 드르르르룽드르르르룽"

이른 새벽, 뒷산에 가면 포크레인으로 작업을 하는 듯한 소리가 들려온다. '참 부지런한 인부들이야. 벌써 작업을 시작했나.' 그러나 산 주변에는 아파트만 있을 뿐 공사 현장은 보이지 않는다. 이른 봄마다 들려오는 그 포크레인 소리가 궁금했는데 알고 보니 딱따구리가 나무를 쪼는 소리였다. 그 작은 몸으로 어찌 저리도 큰 소리를 낼까. 딱따구리 몇 배나 되는 까치나 꿩도 그렇게 큰 소리를 내지 않는데.

딱따구리가 나무 쪼는 광경을 유심히 살펴본다. 평소에는 인적이 많은 곳인데 그날 아침은 등산객이 뜸하였다. 내가 좀 일찍 산에 올라간 탓일까. 아침 8시 하산을 하는데 텅텅텅 하는 소리가 내 머리를 내리치듯 들린다. 인기척이 나면 도망이라도 칠까 봐 술래잡기하듯 살금살금 나무 주변을 살펴보았다. 언덕 위 홀로 서 있는 나무 꼭대기에 오색딱따구리가 내 눈에 띄었다.

'아싸 넌 오늘 내 친구야. 거기 가만히 앉아있어. 도망치면 안 된다.' 혼잣말로 중얼거리며 내 눈에 보이는 딱따구리 모습을 사진부터 찍었다. 딱따구리는 한 군데 앉아서 진득하게 나무를 쪼지 않는다. 조금 쪼다가 제 마음에 들지 않으면 자리를 옮기는데 위로 올라가기만 할 뿐, 아래로 내려오는 일은 보지 못했다. 참으로 묘한 행동을 하는구나. 이렇게 혼잣말로 중얼거리며 딱따구리의 움직임에 따라 나무 주변을 조심조심 돌았다.

작은 움직임에도 포로롱 날아가는 딱따구리의 모습은 종종 볼 수 있어도 작은 딱따구리의 행동을 선명하게 보거나 그 행동을 관찰하기가 쉽지 않다. 주로 나무 꼭대기에 있거나 날아다니는 딱따구리만 볼 수 있는데 오늘은 관찰하기 좋은 곳에 앉아있으니 내 마음이 흥겨울 수밖에. 나는 신이 나서 휴대폰을 들고 이리저리 움직였다. 큰 나무들을 콕콕콕 쪼는 게 신기하다. 조금만 더 가까이에 있었다면 좋았으련만 왜 저렇게 높은 곳까지 올라가는 거야. 상수리나무 꼭대기에 찰싹 붙어서 열심히 나무를 쪼고 있다. 행동은 왜 그렇게 빠른지 수시로 움직이는 딱따구리를 보면서 촉새라는 말이 저절로 나온다.

딱따구리는 약간 삭은 나무를 선택하는 것 같다. 튼튼하고 싱싱한 나무를 저 부리로 쪼을 수가 없나 하는 생각도 해보지만 삭은 나무에 자신이 찾는 식량이 더 많은 모양이다. '그럼 그렇지. 어찌 네가 저 튼튼한 나무를 쪼아대겠니. 제아무리 나무 쪼는 일이 업무라지만. 삭은 나무를 쪼아야 입도 덜 아프겠지.' 딱따구리는 제 뒷모습을 살피는 줄도 모르고 열심히 나무 위를 오르고 있다.

뒷산에는 쇠딱따구리와 큰오색딱따구리가 산다. 흔히 보이는 것은 쇠딱따구리인데 아기 손바닥만 한 게 나무를 쪼는 소리는 뒷산을 쩌렁쩌렁 울리고 있다. 3, 4월이면 주로 나타나는데 앙상한 나뭇가지 사이로 날아다니며 자신이 찾는 나무를 만나면 아래서부터 위까지 이 잡듯 훑고 올라간다. 그 장면을 살피느라 시간 가는 줄 모르고 있었다. 딱따구리는 아침 시간에 만나기 때문에 나 또한 봄이 되면 새벽 산을 자주 간다. 매년 만나도 새로운 딱따구리들의 행동에 동심으로 돌아간 기분이다.

그녀는 앞만 보고 걸어왔다. 월 셋방에서 전세로 전세에서 내 집이라는 인감도장을 하나 찍기까지 그 얼마나 많은 시간이 걸렸을까. 내 집이 생긴다는 그 설렘은 누구나 다 마찬가지일 것이다. 결혼하고 첫 집을 산다는 것은 세상을 다 가진 듯이 부풀어 있다. 그러나 그 부푼 가슴 가라앉히기도 전에 남편이 교통사고를 당해 중환자실로 옮겨졌다.

남편은 12인승 봉고차를 타고 새벽 현장으로 가다가 사고가 났는데 여섯 명은 그 자리에서 세상을 떠나고 나머지 여섯 명은 중환자실로 옮겨졌다고 한다. 그리고 어느 정도 치료가 완치

되어 퇴원하였는데 한 달 정도 있다가 몸에 이상이 생겨 다시 입원하였다. 나았다는 기쁨을 느끼기도 전에 간암 말기 판정을 받은 남편은 병원 생활을 해야 했다. 하루하루 체중이 줄어드는 남편을 보며 차라리 교통사고가 났을 때 떠났다면 이런 고통은 받지 않았을 텐데 하고 흘린 눈물도 얼마나 많았던지 아무도 모른다고 한다.

그녀는 세상을 원망하며 산다는 것도 자신에게는 사치처럼 느껴졌고, 슬퍼도 슬퍼할 수 없을 만큼 자신에게 닥쳐온 일들이 야속하기만 했다. 인감도장을 찍으며 그 환한 웃음을 짓던 모습에 가슴이 아파도 표현하지 못한 심경이 오죽했을까. 그 작은 인감도장이 무엇이기에 그렇게 억척스럽게 살아왔을까. 그러나 남편이 떠난 빈자리를 그녀 혼자 채워가며 살아야 했다. 그래도 그녀가 살아가면서 가장 큰 힘이 된 것은 인감도장이라고 한다. 비록 새집으로 들어가 남편과 함께 그 기쁨을 나눠보지는 못했지만, 그게 마지막이 될 줄은 더더욱 몰랐다고 했다. 그러나 그녀에게 있어 인감도장은 아픔이요 희망이었다.

남편을 보낸 슬픔을 표현할 시간조차 없이 돈을 벌어야 했다. 당시 초등학교 다니는 아들이 하나 있었기 때문이다. 그녀는 대출받은 집값을 갚기 위해 낮과 밤을 가리지 않고 돈을 벌어야 했다. 낮에는 공장에서 밤에는 술집이나 김밥집에서 일했다. 자신의 몸을 아끼지 않고 닥치는 대로 다 했다고 한다. 남편이 남겨 놓은 아들과 남편이 찍어 놓은 그 인감도장이 헛되게 쓰이지 않기 위해서라고 했다. 인감도장 하나 잘못 찍으면 가진 재산 다 잃기도 하지만 잘 찍어 놓으면 희망을 얻고 부를 누릴 수도 있다.

그런 그녀에게 하늘은 무심도 하였다. 3년 남짓 남편 병간호하고 그 빈자리 채워가며 열심히 살아가는데 시부님께서 중풍을 맞은 것이다. 시어머니 삼 년, 시아버지 삼 년을 수발하다 보내드린 효성이 지극한 며느리였다. 그렇게 앞만 보고 걸어오면서 인감도장만 보면 남편의 마지막 모습과 아픔이 떠올라 장롱 깊숙이 넣어 두고 산다고 했다. 그러면서도 인감도장을 수시로 찍었던 그녀였다. 여자 혼자 힘으로 집을 서너 채 소유하며 산다는 것이 쉽지 않은 일이다.

딱따구리가 새벽부터 저 가냘픈 부리로 부지런히 나무를 쪼는 것처럼 그녀는 오늘도 열심히 제 몸을 아끼지 않고 일을 한다.

한산모시

광장시장 여덟 평 남짓한 친구 가게에는 모시로 된 천들이 켜켜로 쌓여 있다. 그중에는 천연 그대로의 색상도 있지만, 곱게 물들여진 천이 있는데 대부분이 중국산이라고 한다. 우리 것은 어디로 사라진 것일까.

친구와 차 한 잔 나누는 사이 곱상한 노인이 들어온다. 잘 알고 지내왔는지 반갑게 인사를 한다. 손님이 앉자마자 다락방으로 올라간 친구는 고운 보자기에 쌓아둔 무엇인가를 꺼내왔다. 잘 숨겨 두었다가 꼭 필요한 손님이 와야만 선을 내보이는 한산모시다. 그 품질은 명품 중 명품이지만 중국산의 몇 배나 되는 가격으로 인하여 앞자리를 내어주고 뒤로 밀려난 것이다.

몇 해 전 서천지역으로 문학기행을 떠났다. 내 고향이기도 하지만 그곳에 가면 꼭 가고 싶은 곳이 있는데 첫 번째는 서천 읍내에서 약간 벗어난 신성리 갈대밭이다. 서천의 자랑이기도 하지만 영화 '공동 경비구역' 촬영지라서 자주 가는 곳이다. 강 하나를 사이에 두고 남과 북이 갈라진 것처럼 서천과 군산이 마주 보고 있다. 갈대밭 사이로 평화롭게 보여지는 금강의 물줄기는 서천에서 군산까지 잔잔하게 이어진다. 우리 일행은 갈대밭 사이를 누비고 다녔다. 소녀의 마음으로 돌아가 각자의 추억 만들기에 바빴다. 추억은 문고리처럼 잡히는 게 아니라고 한다. 그러나 잡을 수만 있다면 꼭 잡아 놓고 싶은 게 추억이다. 주어진 시간에 움직여야 하는 우리는 웅장하게 이어지는 갈대밭 언저리에 아쉬움 하나 남겨 두고 한산 읍내로 들어갔다.

한산 소곡주는 1,500년 전 백제 시대부터 지금까지 전해오는 명품이다. 꼬들꼬들하게 지은 밥을 멍석에 펴 놓았다가 온기가 나가면 누룩을 넣고 섞어서 항아리에 담는다. 그리고 시원한 곳에서 백일 정도 두었다가 걸러낸 것이 소곡주다. 같은 지역에서 만들어도 맛이 다른 것은 각자의 손맛도 있겠지만 집집마다 물맛이 다르기 때문이라고 한다. 달콤한 맛에 꼴깍꼴깍 마시다 보면 일어나지 못한다 하여 앉은뱅이 술이라는 귀여운 이름이 붙여졌다. 그런데 백제가 멸망하고 나라를 잃은 유민들이 그 한을 풀기 위하여 하얀 소복을 입고 빚었다 하여 소곡주라는 명칭이 붙어 있다는 것이 마음이 아리다.

한산모시관 입구에 도착하자 가이드가 반갑게 맞아준다. 그녀는 모시의 고장 사람답게 고상한 모시옷을 입고 나와서 모시에 대한 설명을 차분하게 했다. 모시가 자라는 과정부터 모시를 만들고 삼는 일, 베를 짜는 일 등등. 그리고 이파리는 떡을 만들고 차를 만들어 끓여 먹는다는 설명까지 빠뜨리지 않았다.

한산모시 홍보관 안에는 여러 종류의 모시옷이 진열되어 있다. 화려하면서도 정갈해 보이고, 우아하면서도 사치스럽지 않은 모시옷들을 본 순간 맘껏 입어보고 싶었다. 그러나 전시된 옷이라서 눈으로만 감상하고 있는데 우리 일행들의 눈길을 잡아 놓은 곳은 아랫부분을 레이스처럼 삼색으로 마무리한 노란 원피스였다. 고운 색상 개성 있는 디자인 기계의 힘이 아닌 수작업으로 만든 옷들은 일류 백화점에서 판매하는 고가의 옷에 비할 수 없을 만큼 고풍스럽다. 모시옷, 하면 입기 불편한 한복 치마와 저고리, 속옷을 떠올렸는데 겉옷으로도 저렇게 우아하고 세련된 디자인으로 만들어진다는 것이 고향의 한 사람으로서 자랑스럽고 가슴 찡하게 한다.

1,400여 년의 전통과 역사를 간직하고 있다는 한산모시의 그 섬세함은 어머니들의 손길에서 나온 것이다. 한 올 한 올 앞니로 쪼개어 한 가닥 한 가닥 잇기까지 얼마나 많은 공을 들였던가. 모시 가락을 잇고, 삼고, 베를 짜는 일까지 여러 날을 거쳐 만들어진 모시옷은 잠자리 날개에 비유될 만큼 가볍다. 나도

저렇게 희고 고운 한산모시로 원피스를 만들어 입고 한여름 나들이에 나서고 싶었다. 무더위가 기승을 부려도 모시의 시원함은 현대의 천에 비하지 못하는 최고의 옷감이니까.

한산모시는 삼국시대부터 한산면 건지산 기슭의 야생 저마(모시풀)를 원료로 짜기 시작해 고려 시대에는 명나라 공물로. 조선 시대에는 진상품으로 명성을 떨쳤다고 한다. 모시옷을 입어 본 사람은 통풍과 땀 흡수가 얼마나 잘되는지 알 수 있다고 한다. 게다가 깔깔한 감촉이 시원함을 더해준 만큼 어릴 적 시골에서는 누런 모시옷을 입은 어르신들을 자주 뵐 수 있었다. 가공되지 않은 천연 그대로의 누런색이다. 동구 밖 팽나무 그늘에서 누런 모시옷을 입고 부채질을 하던 할머니 할아버지들 모습이 영상으로 펼쳐졌다. 내구성도 뛰어나 빨아 입을수록 늘 새옷 같던 모시옷. 풀을 먹여 빳빳하게 손질하면 십여 년을 입어도 항상 그대로였다. 모시옷을 입고 외출하던 어머니 모습도 물안개처럼 피어오른다. 아담한 체구였지만 부잣집 마님 같은 모습이었다.

그러나 문명이 발달한 지금은 손길이 많이 가고 비싼 가격에 찾는 사람이 드물다는 게 아쉬움으로 남는다. 여성들은 기분 전환을 하기 위하여 백화점에 들어가 아이 쇼핑만 하고 나와도 마음이 한결 가벼워진다. 그런데 홍보관을 나온 나는 입이 벌어질 만큼 화려하고 고상한 옷들을 맘껏 바라봤건만 어딘가 모르게 허전한 마음이 들었다. 무엇인가 내 소중함 하나 남겨놓은 듯 자꾸만 뒤를 돌아보았다.

우리는 옆에 있는 한옥 건물로 올라갔다. 그곳에는 모시 삼는 과정부터 베를 짜는 과정까지 한눈에 다 볼 수 있었다. 낯익은 베틀, 그 위에 앉아 있는 수더분하게 생긴 할머니를 보니 사 십여 년 전 엄마 모습이 떠오른다. 지금은 텃밭에서 소일하며 고향을 지키고 있지만, 예전에는 엄마도 저렇게 베틀에 앉아서 베를 짰다. 찰칵찰칵 북이 오고 가고 손과 발이 상하로 지그재그 움직이면 가느다란 모시가 얇은 천으로 만들어졌다. 온종일 베틀 위에 앉아 허리 한 번 제대로 펴보지 못하고 모시가 짜여지면 배 안쪽으로 돌돌 말아갔다. 그 부피가 늘어날수록 허리에 느껴지는 무게도 힘들었으련만 오로지 모시 짜는 일에만 몰두하였다. 그런 모시는 한겨울 고향 어머니들의 부업으로 자리 잡았다. 겨우내 모시를 짜서 생계를 유지하였으니 가정마다 모시 삼고 짜는 일은 필수였다.

무형문화재인 저 분도 젊어서부터 지금까지 저 일을 해왔을 것이다. 그래서 몇 명 남지 않은 무형문화재 중 한 분으로 남았을 것이다. 한평생 모시와 함께 살아온 어려웠던 삶, 그 흔적은 사라졌어도 우리 것을 알리는 저 손길이 있어 남아 있는 것이다. 명품은 누군가가 쉽게 버리지 않고 피나는 노력과 정성을 고집스럽게 그 맥을 이어갈 때 만들어진다. 파란 태모시가 백옥으로 변하여 명품이 되기까지는 검게 탄 얼굴이, 주름 가득한 얼굴이, 묵묵히 지켜왔기 때문이다.

광장시장 친구네 작은 가게에 고이 모셔둔 한산모시를 찾는 할머니 모습에서 고향 어르신을 만난 듯 반갑고 기뻤다. 고향 어머니들의 손끝에서 빚어낸 한산모시가 훗날까지 명품으로 남아 있기를 기대해본다.

예쁜 치매

전동차를 타고 가던 한 여인이 같은 칸에 있는 남성을 보고 반한 이유를 자신도 모른다고 했다. 앞에 서 있는 남성이 자신의 이상형이란 생각으로 그를 빤히 바라보고 있는데 그 남성이 내리는 바람에 자신도 모르게 따라 내렸다고 한다. 전동차에서 내린 남성은 저 멀리 달아나고 그때 서야 정신이 번뜩 들어 내가 왜 이럴까 하고 보니 본인이 가야 할 목적지 전에 내렸다는 것이다.

그녀 아버지는 시골에서 살았는데 하루가 멀다고 동네 어르신들로부터 전화를 받았다. 처음에는 치매 걸린 노인이기에 이해하고 지내왔으나 날이 갈수록 지나친 행동에 할머니들은 스트레스를 받아온 것이다. 그럴 때마다 오 남매가 돌아가며 아버지를 모셔왔는데 이제는 전화 소리만 들어도 스트레스가 쌓여

지칠 대로 지쳐 있었다. 밤이 되면 그녀의 아버지가 동네 할머니들 방에 들어가 성폭행을 한다는 전화에 그의 가족은 늘 불안하게 살았다.

치매 걸린 아버지가 바람기까지 있어 이러지도 저러지도 못하는 한 여인의 안타까운 마음을 그 아버지는 알고 있을까. 형제들 간에 아버지 문제로 걱정을 하며 살아온 그녀는 왜 하필 그 나쁜 유전자가 자신에게 있을까 하고, 본인의 한스러움을 전동차가 사라질 때까지 멍하니 서 있었다고 한다. 그 이야기를 들으며 웃음을 터트렸는데 지나고 보니 웃을 일이 아니다.

우리 할머니는 삼 년 동안 중풍으로 누워계시다가 먼 여행을 떠났다. 그리고 얼마 되지 않아 그 빈자리에 외할머니를 모신다고 했다. 나는 엄마가 또 고생할까 봐 안 된다고 했다. 외가에 아무도 없는 것도 아니다. 잘 사는 오빠도 있고, 숙모와 이모가 네 분이나 있으니 모시더라도 좀 더 있다가 모시는 것이 어떠냐고 했다. 그러나 엄마는 젊은 조카며느리에게 무거운 짐을 주고 싶지 않다는 것이다. 엄마는 내가 무엇을 걱정하는지 알았다. 그러나 엄마에게도 친정엄마라는 것이다. 아무것도 모르는 할머니를 직접 모셔야 마음이 편하다고 했다. 그렇게 하여 치매 걸린 외할머니를 모셔왔다.

엄마가 농사짓느라 밭에 가고 할머니는 혼자서 TV를 보는 날이 많았다. 온종일 일하고 돌아와 보면 어느 때는 만 원짜리 지폐를 꼬깃꼬깃 접어서 TV 밑에 놓았다는 것이다. 엄마는 그게 무슨 돈이냐고 여쭈면 TV를 가리키며 어떤 여편네가 저 속에서 밥도 못 먹고 고생하는 것을 보아 밥이나 사 먹으라고 주었다는 것이다. 그리고 때로는 아버지 셔츠에 만 원짜리를 넣어놓고 일하다가 힘들면 막걸리 한 잔 사 드시라고 넣었다는 것이다. 그런 돈을 볼 때마다 아버지와 엄마 마음이 어떠했을까. 짠한 마음에 아팠을 것이다.

그렇게 외할머니가 우리 집에 온 지 6개월쯤 되었을까. 외할머니도 엄마도 마음 편해질 무렵 먼 여행을 떠났다. 엄마는 외할머니와 같이 생활했던 시간을 행복해했다. 그런 엄마를 보며 내 마음도 한결 편안했다. 잠시라도 불평했던 내 생각이 짧았다는 생각도 든다. 그러나 외며느리로 그 많은 일을 혼자 하던 엄마가 안타까웠기 때문이다. 그렇게 시어머니도 친정어머니도 엄마의 수발을 받으며 마음 편히 있다가 이 세상과의 인연을 맺었다. 그때는 엄마의 마음을 잘 몰랐는데 이제야 조금 알 것 같다.

외할아버지는 일제강점기 시대에 동네 이장을 했기에 일본 순경들이 날마다 찾아와 집안 여기저기 뒤졌다고 한다. 부엌 생솔가지 속에 숨어있던 외할아버지는 몇 차례나 붙잡혀 고생하다가 일찍 떠났다. 그 후 외할머니는 어린 자식들을 데리고 힘들게 살았다. 그래서 불쌍한 여인을 보면 자신의 젊은 날을 보는 것 같아 늘 마음 아파했다고 한다.

얼마 전에는 어느 지인이 그랬다. 자신의 어머니는 공부에 한

이 맺혔는지 동네에 다니며 하얀 종이만 보면 다 주워와 거실과 방에 쌓아 놓는다고 했다. 집안 여기저기 헌 종이 때문에 온 가족이 스트레스를 받는다고 한다. 제발 종이 좀 줍지 말라고 하면 공부를 해야 한다며 그 종이에 한자 연습을 한다는 것이다. 그러니 자식 된 도리로 어머니를 나무랄 수 없는 일 아닌가. 그는 어머니를 위하여 새 종이를 사다 드려도 어머니는 헌종이만 보면 무작정 주워 온다며 허탈한 웃음을 지었다. 그러면서 과거 힘들었던 어머니의 삶을 되돌아보면 마음이 아프다고 한다. 요즘처럼 물질이 풍부하고 버려지는 게 이면지인데 어머니는 4, 50년대에 머물러 있는 것 같다고 한다. 공부에 한이 맺힌 어머니를 보며 한글도 가르쳐 드리고 깨끗한 종이를 갖다 드려도 어머니는 헌 종이만 보면 보물단지 모시듯 아낀다는 것이다.

이처럼 치매는 자신이 하고 싶었던 일이나 힘들었던 일들로 찾아온다고 했다. 젊었을 때, 남편으로부터 얻어맞고 살아온 할머니가 남편을 때리는 치매에 걸렸다고 한다. 안쓰럽기도 하고 측은하기도 했다. 아무것도 모르는 할머니가 할아버지만 보면 원 없이 때린다는 말에 웃음이 나왔다. 얼마나 한이 맺혔으면 그런 치매에 걸렸을까. 할아버지는 젊었을 때 여자를 좋아하고 술을 좋아하여 할머니를 힘들게 했기 때문에 말없이 얻어맞고 산다는 것이다. 이제라도 잘못을 뉘우치며 이렇게라도 해서 할머니 가슴에 담아둔 한을 풀 수 있다면 얼마든지 맞아줄 수 있다는 할아버지. 늦었지만 할머니의 마음을 알아주는 할아버지다. 부부란 참으로 묘한 인연인 것 같다. 원수처럼 살다가도 이해하고 보듬어주는 것을 보면 마치 떼어지지 않는 엿가락 같다.

엄마가 외할머니 이야기를 들려줄 때도 마음은 아팠지만 웃음이 나왔다. 그러고 보니 평소에 잘 살아야겠다는 생각이 든다. 치매가 걸리든 그러지 아니하든 추한 모습을 보이지 않으려면 마음을 곱게 먹고 살아야겠다. 주변 사람들이 겪고 있는 치매 환자에 관한 이야기를 듣다 보니 바로 나 자신의 이야기가 될 수도 있다는 생각이 든다. 나도 언제 어떻게 될지 모르기 때문이다. 불쌍한 여인을 돕는 치매가 걸릴 수도, 학업에 한이 맺혀 공부하는 치매가 걸릴 수도, 바람을 피우는 치매가 걸릴 수도 있지 않은가.

어쩌면 이 순간에도 내 주위에는 여러 종류의 치매 보균자들이 서로 자리를 차지하려고 다투고 있는지 모른다.

시간이 멈춘 마을

　정월 대보름날 친정에 갔다. 마침 5일장이 서는 날이라 몇몇 상인들이 쓸쓸한 장터를 지키고 있다. 예전 같았으면 명동거리 못지않게 북적이던 곳이다. 나는 큰아들을 데리고 추억을 되살리며 장터 안으로 들어갔다. 볼거리는 하나도 없는데 천리향처럼 옛 향기가 풍긴다.

　이 장터는 중학교 입구에 있다. 그러니 하굣길에 혹시나 하는 마음으로 장터 안으로 들어가면 운수 좋게 아버지를 만나는 날이 있었다. 아버지는 반가운 마음에 풀빵이나 호떡을 사주었는데 그렇게 얻어먹은 풀빵의 맛을 잊을 수가 없다. 별것도 아닌 것이 왜 그렇게 맛있었을까. 같이 간 친구들도 하하 호호 웃으며 아버지를 따라다녔다. 눈이나 비가 와서 질퍽거려도 장돌뱅이처럼 들렸다.

우시장은 가축들이 옹기종기 모여 있었다. 주인을 따라 첫새 벽부터 나와 새 주인을 기다리고 있던 곳이다. 송아지는 일찌감 치 팔렸던 것으로 기억되고 돼지, 강아지, 닭, 토끼, 등은 늦은 시간에도 더러 있었다. 아마 그 가축들은 상태가 좋지 않아 새 주인을 만나지 못한 것이다.

우시장은 오전 시간이 북적인다. 빼곡히 움직이는 사람들 사 이를 비집고 돌아다니며 가축들을 사고팔던 곳이라 늘 붐볐다. 함지박 안에 들어있던 병아리와 강아지, 토끼가 옹기종기 모여 앉아 뒹굴다가 한 마리 한 마리씩 새 주인을 만나 떠났다. 그런 친구를 바라보고 있던 가축들 마음이 어떠하였을까. 또 낯선 곳 에서 정을 붙여야 하는 가축들도 아무런 영문도 모르고 있다가 그렇게 형제들과 이별을 하며 어떠하였을까. 그런 가축의 마음 을 읽은 엄마는 강아지를 사더라도 꼭 두 마리를 사 왔다. 혼자 는 외롭고 쓸쓸하다는 연유다.

나는 마음이 답답하면 어릴 적 추억을 되살리며 집 근처에 있는 산본 재래시장에 간다. 시골 장터만은 못하더라도 북적이 며 살아가는 사람들이 보고 싶어서다. 잘 정비된 재래시장은 대 형쇼핑센터 못지않게 쾌적한 환경이지만 상인들의 힘찬 목소리 가 살아 있는 장터다. 이런 거리에서 사람 사는 냄새도 맡고, 아버지가 사준 풀빵의 맛을 되살리다 보면 잊고 있던 추억들이 떠오르기 때문이다.

산본 재래시장도 시골 우시장 못지않게 크다. 그때 보아온 강아지나 병아리 송아지 등등 가축이 없을 뿐이다. 비릿한 생선 냄새와 구수한 기름 냄새가 풍기는 골목길을 돌아다닌다. 풀빵 대신 튀김 냄새에 가던 길을 멈추게 한다. 그리고 신선한 채소들이 악수라도 하려는 듯 손을 내밀고 바라보면 나도 모르게 미소를 짓는다. 장바구니 가득 사서 집에 돌아오면 특별한 것도 없는데 마음이 편안한 것은 사람 사는 향수에 취했기 때문인 것 같다.

시골 장터로 들어가면 더 재미있었다. 농기구가 고장 나면 수리하는 대장간이 있는데 빨간 쇳덩이가 불에 달궈져 제 모양을 만들어지는 장면이 신기했다. 호미, 삽, 쇠스랑, 곡괭이, 등등 이런 것들은 젓가락과 숟가락처럼 늘 같이 쓰던 농기구들이다. 한여름 땀을 뻘뻘 흘리며 뻘건 불덩이 앞에서 쇳덩이를 불에 달구어 망치로 두들겨 패서 제 모양으로 다듬던 모습이 물안개처럼 피어오른다. 또 가마솥을 은박지로 때우던 일도 흔히 보던 장면이다. 이제는 그 가마솥마저 쓰지 않으니 옛 향기라고는 하나도 찾아볼 수 없다.

시골 장터 중심지에는 멍석을 펴 놓은 옷가게가 줄지어 있다. 콘크리트 건물이 아닌 노점에 펼쳐 놨으니 저녁이면 정리하여 큰 보따리에 쌓아서 머리에 이고, 지게에 지고 다닌다. 장날마다 군내에 있는 장터를 옮겨 다니기 위하여 매일매일 이동하던 상인들이다. 지금 생각해보니 교통수단도 좋지 않았는데 그 많은 짐을 어떻게 다 운반했을까. 가게와 가게 사이에는 천막 하나로 분리되어 주렁주렁 걸려있는 옷들이 화려한 벽걸이 역할을 했다.

옷가게가 끝나는 지점부터 비린내 듬뿍 풍기는 생선가게가 줄지어 있었는데 그곳까지 왜 들렸는지 모르겠다. 서해에서 살던 생선들이 눈을 크게 뜨고 바라보는 재미였을까. 바다에서 막 건져온 생선들처럼 싱싱했던 기억이 난다. 꽃게들은 바다로 다시 걸어갈 듯 팔팔하게 살아 움직였고, 한쪽 구석에 쭈그리고 앉아 자연산 굴과 조개, 맛살을 까던 아주머니들이 있었다. 추운 겨울 손등이 꽁꽁 얼어서 빨갛게 되어도 입가에는 웃음꽃이 피어 있었다. 장작불 하나 지펴 놓고 강한 추위를 이겨 냈다. 억척스러운 어머니들이다.

어디 그뿐인가 귀청 떨어지게 뻥뻥 터트리던 뻥튀기 아저씨, 손수레 대신 목에 끈을 매고 앞자락에 넓은 널빤지 하나 받치고 그 위에 각종 머리핀 반지 옷핀 검정 고무줄 노란 아기 기저기고무줄 등을 갖고 다니며 팔았던 할아버지의 모습. 그렇게 활발하게 움직이던 곳이 텅 비어있다.

낡은 드럼통에 호떡 기계 걸어놓고 굽던 모습 대신 트럭 위에서 현대식 붕어빵 굽는 부부만이 장터를 지키고 있다. 나는 예전에 아버지가 사주던 호떡을 생각하며 아들에게 줄 붕어빵을 샀다. 마음이 부자가 된 느낌이다. 아버지도 그때 그랬을 것이다. 하찮은 풀빵을 먹으며 좋아할 딸의 모습을 그리며 행복했을 것이다.

아들과 함께 따끈한 붕어빵 한 봉지 사서 장터 안으로 들어갔다. '시간이 멈춰진 마을'이라는 푯말이 군데군데 걸려있다. 그 단어를 보는 순간 장터 안이 쓸쓸한 것보다 더 허한 마음이 든다. 그렇게 북적이던 곳이 텅 비어있다. 사람들이 북적이던 장터 안에는 바람길만 열려 있는 것 같다. 간간이 오고 가는 사람들 모습에서 풀빵을 사주던 아버지 모습을 그리며 붕어빵을 먹어본다.

내가 어릴 적, 정월 대보름날이었다면 이렇게 쓸쓸한 거리에서 보름나물을 사고 옷을 사고 생선을 사기 위하여 발 디딜 틈 없이 북적였을 것이다. 가족에게 줄 그 무언가를 사고팔던 훈훈했던 거리가 아닌가.

2부 호박잎국

은은한 향기

아담한 시골 동네 서너 집에 모과나무가 있었다. 한 그루는 담장 대나무 숲에 다른 하나는 그 집 뒤뜰에 있어 접근이 어렵지만 다른 모과나무는 뒷동산에 있어 동네 아이들 먹을거리가 되었다. 주인이 있어도 관리를 하지 않으니 오고 가며 돌팔매질을 하지 않은 아이는 없었을 듯하다. 천대받는 유기견이 아니라 먹고 싶어서 던지는 돌이다. 모과는 신맛이 강하여 생식이 적절치 않다지만 가난하던 시절엔 그것도 귀한 과일이었다. 더구나 충남 공주 모과라면 예부터 알아줬고 가까운 내 고향도 그렇다.

다른 모과에 비해 단맛이 강하고 된서리를 맞은 뒤에는 더 맛이 좋았다. 모과는 꿀에 재워 먹고 차로 끓여 먹지만 어릴 적 내 고향의 모과는 새콤달콤한 게 청을 담지 않아도 맛있었다. 꼭꼭 씹어서 단물만 빼 먹고 찌꺼기는 뱉어 버리는 과정이 귀

찹긴 하지만 귀한 대접을 받았다. 더구나 신경통 근육통 해수 빈혈에도 좋고 그 향도 좋으니 어찌 고맙지 않으랴.

사람은 늙으면 냄새가 난다고 사내들도 향수를 찾는 세상이고 죽으면 사흘장을 넘기기가 어려운데 모과는 썩어도 향기롭다. 다만 한 가지 아쉬운 것은 못생겼다는 것. 그래서 세잔느는 모과 대신 사과만 그렸다고 생각하면 안 된다. 화가들은 사과보다는 모과에서 더 예술적 가치를 구한다. 조금쯤 비스듬히 기울어지고 피부도 매끄럽지 않은 것이 오히려 미적 욕망을 자극한다. 고갱의 그림은 집도 나무도 하늘도 모두 삐뚤어지고 화면이 거칠어서 매력이 있다.

늦가을 고향에 내려가면 노랗게 익은 모과들이 주렁주렁 달려있다. 그 밑에 가면 테니스공을 부어 놓은 듯 샛노란 모과들이 나뒹굴어 있어도 이제는 줍는 사람이 없다. 친정엄마와 함께 김장을 끝낸 배추밭에 갔을 때도 그랬다. 못난이 배추를 구경하고 있는데 노란 풍선을 불어 놓은 듯 동글동글한 모과들이 밭고랑에 가득하다.

어릴 적 모과를 주워 먹었던 일들이 생각나서 한 바구니 주웠다. 그리고 올라오는 내내 천연의 향을 만끽하며 미소를 지어 본다. 모과차를 만들어서 아이들 감기 예방으로 줄까. 바구니에 담아놓고 그 향기를 맡을까. 연분홍 모과 꽃처럼 차 안이 화사하다. 그러나 막상 집에 오니까 만사가 귀찮아 거실 한쪽에 놔두었다. 노란 모과가 검은 모과로 변히는 것을 바라보니 시댁 큰어머니가 생각난다. 못생긴 과일을 닮은 것은 아니지만 바나나처럼 가는 곡선미와 달리 모과처럼 좀 부피가 있었다.

내가 시집올 때만 해도 든든한 체격에 아랫배가 불룩이 나온 부잣집 맏며느리가 분명했다. 인정도 많아서 큰댁에 오는 사람은 무엇이라도 먹여서 보내야 마음이 편한 분이었다. 제사나 명절, 생신에 가면 많은 양의 음식을 만들어 돌아가는 손에 한 보따리씩 들려주었다. 집에 와서 짐을 풀어보면 별것 아니지만 훈훈한 정은 두고두고 그립게 했다.

제사를 지내고 난 다음 날, 온 동네 어른들을 불러서 남은 음식을 나누었고, 자신의 몸은 망가지는 줄 모르고 일을 하였다. 첫새벽부터 밭으로 나아가 상추, 얼갈이배추, 열무, 파, 등등, 여러 종류의 채소를 뽑아서 시장에 내다 팔았다. 오전 내내 이불만 한 보따리 몇 개를 만들어 시장에 가면 늦은 시간이 되어야 집에 돌아왔다. 두리뭉실한 체격에 웃음이 넘쳐나던 큰어머니는 남의 집 모과를 바라만 봐도 행복했던 것처럼 편안한 인상을 주었다.

큰어머니는 당뇨에 심장이 좋지 않아 시술을 받고 병원에 가는 날이 자주 있었다. 그럴 때마다 큰집으로 병문안을 가면 건강했을 때처럼 직접 음식을 만들어 주지 못함을 아쉬워했다. 어느 집이든, 종갓집 맏며느리가 하는 일들이 비슷하겠지만 큰어머니도 억척스럽게 생활했다. 자신의 몸이 새까맣게 썩어가는 모과처럼 변해가는 줄도 모르고.

그런 큰어머니가 요양병원에 입원했다. 어쩌다 시간 내어 병원에 가면 바쁜 사람이 어떻게 왔냐며 걱정했다. 일어나지 못하니까 냉장고를 가리키며 음료수라도 꺼내 먹으라고 한다. 몇 차례 사양하면 직접 주지 못해서 그런다며 성화다. 할 수 없이 하나 꺼내 먹으면 환한 미소를 짓는다. 큰어머니는 맛있는 거 사줘야 하는데 그럴 수 없으니 가는 길에 꼭 사서 먹고 가라는 말도 빠트리지 않았다. 때로는 손에 돈을 쥐어주며 다정한 말로 애정표현도 했다.

내가 큰댁에 가면 잘 먹어서 그랬을까. 먹을 게 흔한 요즘 못 먹는 사람도 없는데 유독 그랬다. 어쩌면 큰어머니는 나의 젊은 시절을 잊지 않은 것 같다. 큰어머니가 주는 음식을 사양하지 않고 잘 받아먹었던 모습이 예뻤나 보다. 그러니 병석에 누워서도 직접 사주지 못함을 아쉬워하며 애잔하게 바라보았나 보다. 아니 그렇게 나눠주고 받는 자들이 행복해야 자신도 행복해지는 이상한 병을 원래부터 지병처럼 앓아 왔고 지금은 합병증처럼 그 병이 더 많아졌나 보다. 인정이 넘치는데 그것을 주지 못해 더 힘든 분이다. 별난 합병증이다.

8년 남짓 요양병원에 있으면서 고생도 많았지만 그래도 수시로 찾아가는 자식들이 있었기에 외롭지는 않았을 것이다. 아들 셋 딸 하나 사 남매가 수시로 드나들며 필요한 물건과 용돈을 챙겨드리고. 바깥소식이나 일가친지의 행사를 들려주고 가까운 친지의 잔치마다 모셨으니 그래도 행복했을 것이다.

지금은 내 아파트 화단에 주렁주렁 모과들이 매달려 있다. 어린 모과들이 잘 자랄 수 있도록 자신의 양분 다 빼주고 사시사철을 뚝심 있게 서 있다. 한파가 몰려오고, 비바람이 불어와도 가지 하나 잘려나가지 않는 모과나무다.

초겨울 모과나무는 노랗게 익은 열매들을 다 떨어뜨리고 삭정이만 남는다. 그리고 땅에 떨어진 모과는 어린 새싹을 먹여 키우는 젖이 된다.

모과는 명절 선물로 윗분들에게 보낼 만큼 값나가는 신분은 아니어도 우리에게 주는 것도 많으며, 낙과되어 검어지고 흙으로 돌아갈 때는 더 향기롭다. 큰어머니가 그렇게 마지막까지 나눔의 향기만 뿜다가 가셨다.

아귀탕

친정엄마가 위암 초기 증세가 있어 병원에 갔다. 위암 시술을 하고 병실에 누워 있는 엄마를 보니 한없이 작아 보인다. 엄마만 곁에 있으면 두려울 것도, 힘든 것도, 아무런 걱정이 없었다. 푸른 바다보다도 더 넓고 큰 품을 가진 엄마다. 그런데 어린애보다 더 작아 보이는 엄마가 시술 후 몸을 추스르기도 전에 시골로 내려간다고 한다. 겨울 동안이라도 서울에 있었으면 하였는데.

엄마 결정에 따르기로 한 우리 육 남매는 수시로 고향에 가기로 했다. 그러나 막상 현실은 그 작은 일도 호락호락하지가 않다. 직장 생활에, 개인 일에 바쁘기만 한 일상에서 시간을 낸다는 게 쉽지 않다. 마음은 늘 고향에 가 있어도 몸은 내 집 주변에서 맴돌고 있다.

엄마가 보고 싶어 내려갔다. 아침 일찍 현관문을 열자 화들짝 놀란다. 예전에도 그랬듯이 연락 없이 내려갔다. 우리가 간다고 하면 버스를 타고 서천 장에 가서 여러 생선을 사다 냉장고 가득 채워 놓는다. 그게 부담이 되어 간다는 말을 하지 않는 것이 습관이 되었다.

엄마는 며칠 전 시장에 가서 바지를 하나 사 왔는데 길이가 길다며 수선을 하고 있었다. 그 모습을 보니 어릴 적 기억이 새록새록 떠오른다. 밤이 되면 등잔불 아래서 구멍 난 옷들과 구멍 난 양말을 꿰매던 그 정겨운 일이다. 그때는 어떤 옷을 입고 있어도 참으로 곱고 예뻤다. 뽀얀 살에 포동포동한 얼굴. 통통한 손등. 그 아름다운 모습은 어디 갔을까.

엄마는 우리에게 줄 밥상을 차렸다. 김치 종류 서너 가지, 계란 장조림, 김, 고춧잎, 두부찌개 등이다. 우리가 내려간다고 하면 여러 가지 생선요리로 상다리가 부러지도록 차려 놓던 엄마의 밥상이 초라하다. 좋아하고 맛있는 음식 사다 드시라고 하였건만 혼자 먹는 밥상은 누가 봐도 간단하다. 마음이 아프다. 이럴 거라는 상상은 하였지만 그게 엄마의 평소 밥상이다. 엄마의 얼굴을 보고 서울로 올라오면 이런 현실을 잊고 살아갈 것이다.

엄마는 다음 날 동네 어른들과 서천 장에 간다고 한다. 나는 용돈을 드리며 '엄마가 좋아하는 것 사다 드세요.' 하였더니 아귀를 사다가 찌개를 끓여 먹고 싶다고 한다. 엄마의 아귀탕은 특별한 맛을 지니고 있다. 음식점에서 먹는 것처럼 여러 가지 채소와 해물이 들어가지 않아도 그 깊은 맛은 따라갈 수 없다. 아귀탕에 넣는 재료를 보면 무와 양파, 소금 고춧가루 참조개 뿐인데 얼큰하면서도 시원하다. 엄마만의 비법이 있는 걸까? 우리가 엄마의 손맛에 익숙해져서 그런 걸까? 그렇다고 조미료도 사용하지 않는데 먹고 나면 개운한 맛이 혀끝을 호강시킨다.

못생긴 아귀는 생선 취급도 하지 않았는데 요즈음은 그 아귀가 대중 요리가 되었다. 울퉁불퉁 물컹물컹한 아귀. 흐느적거려 손질하기도 불편하다. 그런 아귀를 내 손으로 만져가며 요리해 본 적이 없다. 엄마처럼 깊은 맛을 낼 자신이 없기 때문이다. 탕을 끓이는 용기도 없고 찜은 더 자신이 없다. 게다가 시댁 식구들이 생선요리를 즐겼다면 어떻게라도 해서 만들어 봤을 텐데 채소나 육류를 좋아하니 아귀탕을 끓여 볼 생각은 하지 않았다. 음식점에 가면 아귀탕이나 찜을 잘 먹는데도 말이다.

아귀는 저 칼로리 저지방 생선이다. 단백질과 필수아미노산의 영양소가 충분하여 다이어트 식품으로도 좋지만 콜라겐이 함유되어 있어 피부염증과 탄력에도 탁월하고 노화 방지에도 좋다고 한다. 그리고 철분 성분이 들어있어 빈혈에도 좋지만 어린이 성장 발육에 도움이 되며 면역력을 증진 시켜 주기 때문에 아이들 치아 건강과 뼈 건강에도 좋다는 것이다. 또 성장기 아이들에게 좋은 성분이 풍부하여 집중력이 약한 아이들에게는 집중력을 도와줄 뿐만 아니라 치매 예방에도 효과가 있다고 하니 못생긴 아귀의 효능은 대단하다.

TV를 보거나 음식점에 가서 맛있는 음식을 먹고 나면 나는 집에 와서 만들어 본다. 때로는 비슷하게 흉내를 내기도 하지만, 실패할 때도 있다. 같은 재료를 갖고 어떻게 요리를 하느냐에 따라 맛도 달라진다. 햇볕에 잘 말려서 만드는 것도 있지만, 삶아서 하는 것도, 튀기는 요리도 있어 사람들 특성에 따라 식탁을 더 우아하게 한다.

며칠 전에는 오리를 전문으로 하는 집에 갔다. 거무스름한 색상의 볶음이 쫄깃쫄깃하면서도 맛이 있어 자꾸만 손이 갔다. 얼핏 보기에는 그 재료가 무엇인지 잘 알 수 없었다. 그래서 직원에게 혹, 가지가 아니냐고 조심스럽게 물었다. 그녀는 빙그레 웃었다. 어떻게 이렇게 잘게 썰어서 요리 할 생각을 하였을까? 그 집 주인을 다시 한번 더 바라봤다. 씹히는 촉감도 부드러운 고기처럼 맛있다. 요리하는 작은아들은 음식점에 가면 음식 맛을 잘 살핀다. 그날도 그 낯선 반찬이 맛있는지 자꾸만 집어 간다.

농장에 가면 지천인 게 가지다. 가지는 삶아서 나물을 하거나, 도톰하게 썰어서 볶거나 냉국 정도로 식탁에 올렸다. 조금 더 신경을 쓴다면 가지를 길게 썰어 삶은 다음 그 속에 소고기와 삼색 채소를 넣어 돌돌 말아 와사비 간장에 찍어 먹는 정도였다. 그리고 길고 통통하게 썰어 말렸다가 보름나물을 하거나 튀김옷을 입혀 튀기는 줄만 알았다. 그런데 생채처럼 잘게 썰어 말린 가지를 부드럽게 불려서 매콤하게 볶은 요리는 처음 맛보았다. 이처럼 음식에는 솜씨도 중요하지만 어떻게 응용하느냐에 따라 고급음식이 된다.

엄마는 음식을 만들 때 정성을 다해 만든다. 가족에 대한 사랑을 재료 안에 듬뿍 넣는 것 같다. 그런 엄마가 위암 초기라는 진단을 받고 음식 조절을 하며 밋밋한 음식을 먹다 보니 개운한 맛의 아귀탕이 먹고 싶었나 보다. 아귀의 얼큰한 맛은 엄마의 포근한 사랑이요, 개운한 맛은 엄마의 품속이며, 시원한 국물맛은 엄마가 걸어온 옛 모습을 그대로 그리게 하는 풍경과도 같다. 나는 그동안 음식을 만들며 가족에 대한 사랑이 부족했나 보다. 엄마처럼 사랑을 담뿍 넣은 요리를 하였다면 아귀의 깊은 맛이 우러났을 터인데. 이제는 시장에 가서 싱싱한 아귀를 사다가 꼬들꼬들 말려 얼큰한 아귀찜도 만들고 시원한 아귀탕도 만들어 봐야겠다.

호박잎국

농사를 짓던 아버님은 기상청 예보에 신경을 썼다. 때로는 비 소식을 기다렸고 추수할 때면 태풍과 추위에 민감하였다. 벼가 누렇게 익을 무렵에는 가을비 소식이 반갑지 않았고 삽상한 바람이 불 때면 일기예보에 귀를 기울였다. 영하로 내려간다고 하면 무를 뽑아 땅에 묻거나 비닐로 덮어 놓았다. 반면 배추는 무보다 추위에 강하다며 얼었다 녹았다 해야 맛도 있고 속이 꽉 찬다고 웬만한 추위에는 놔두었다.

그 시절 어른들은 참 부지런했다. 가정마다 농사지어 이른 새벽부터 일어나 상추와 고추 열무 등 생활에 빠져서는 안 될 채소를 심어 시장에 내다 팔았다. 이불만 한 보따리 네다섯 개 만들어 버스를 타고 시장으로 간다. 온종일 남의 상가 앞에서 여러 가지 채소를 펼쳐놓고 지나가던 행인을 붙잡았다. '연필로 노트에 편지를 쓰듯 푸성귀 늘어놓고 노을을 어깨동무하며 함께 저물었다.'는 김영수 시인의 시골장이란 글은 사람이 그리워서 시골장이 선다고 했는데 어머님은 가족을 위하여 채소를 팔았다.

나는 저녁을 일찍 먹는 날이면 두 아이를 데리고 어머님 마중을 갔다. 큰아이는 세발자전거를 타고 작은 아이는 유모차에 태워 버스 정류장으로 가서 기다린다. 어느 때는 한참 기다려도 오지 않는다. 아이들이 칭얼대거나 시간이 늦어지면 아쉬움을 뒤로 하고 집으로 온다. 이렇게 허탕을 쳐도 아이들은 할머니 마중 가는 것을 마냥 좋아했다.

그러던 어느 날 된서리가 내린다는 예보에 아버님은 작은 호박잎과 탱자 같은 호박을 모조리 따왔다. 호박잎을 쪄서 먹기에는 넉넉했다. 당시 이웃들도 다 농사를 지었으니 나눠 먹을 수도 없고, 그 많은 호박잎을 어떻게 할까 생각하다가 국을 끓이기로 했다.

어릴 적 할머니는 우물가에 앉아 호박잎은 박박 으깨고 작은 호박은 돌멩이로 콩콩 찧어 씻는 걸 봤다. 엄마는 그 호박잎을 된장에 풀어 국을 끓였다. 그때 그 국물 맛이 어떠했는지 내 기억을 지금은 믿을 수 없다. 구수한 저녁상이었다는 것만 분명하다. 나는 그 기억을 더듬어 호박잎국을 끓여놓고 어머님 마중을 갔다. 그날따라 동네 어른들은 늦게 버스에서 내렸다. 대여섯 분이 큰 함지박을 들고 떠들썩하다. 내가 함지박을 받아들고 어머님은 유모차를 잡았다. 온종일 채소를 파느라 파김치가 되었을 터인데 손주를 보는 순간 가뭄에 비 맞은 채소처럼 생생하다.

집에 돌아와 저녁상을 차렸다. 을씨년스런 날씨에 대청마루 한쪽에 차려 놓은 밥상에서 김이 모락모락 나는 호박잎국을 본 어머님은 넉넉하게 있느냐고 물었다. 그러면서 옆집 아줌마를 모셔 오라고 했다. 날씨가 추우니까 따뜻한 국물을 나눠 먹고 싶은 것이다. 그 사이 우리는 어머님 보따리를 뒤지며 먹을거리를 찾았다.

보따리 안에는 제철에 나오는 과일이나 반찬거리, 그리고 아이들이 좋아할 과자가 들어 있었다. 채소를 팔다가도 손주들 생각하며 과일이나 반찬거리를 사러 다닌 어머님은 보따리 풀어 보며 즐거워하는 손주들 모습에 행복했을 것이다. 매일 바뀌는 과일을 꺼내며 환하게 미소를 짓던 그 재미가 세월이 흘러도 문신처럼 남아 있다.

그날 두 분은 시장에서 움츠리고 있다가 따끈따끈한 호박잎국을 맛있게 먹었다. 친자매처럼 도란도란 이야기꽃 피우던 초가을 저녁상. 이웃사촌이란 말이 그냥 나온 게 아니다. 하찮은 음식이라도 나눠 먹고 감기 기운만 있어도 화들짝 놀라서 달려가는 소소한 정이다. 그런 정을 지켜보며 부럽기도 하고 행복했다. 두 분을 보면서 김지하 시인의 '밥은 하늘이다. 라는 시를 떠올려 본다.

밥이 하늘입니다
하늘을 혼자 못 가지듯이
밥은 서로 나눠 먹는 것 밥이 하늘입니다

하늘의 별을 함께 보듯이
밥은 여럿이 같이 먹는 것
밥이 하늘입니다

밥이 입으로 들어갈 때에
하늘은 몸속에 모시는 것
밥이 하늘입니다

아아 밥은
모두 서로 나눠 먹는 것

그렇게 다정다감하게 살던 어른들은 농지가 개발되면서 흩어지게 되었다. 이제는 행사 때나 얼굴을 보는데도 예전에 먹은 호박잎 국물맛을 잊지 못한다고 한다. 아줌마는 날씨가 추워지면 호박잎국이 생각나서 끓여 보지만 그 맛이 나지 않는다고 한다. 애가 들어선 것도 아니었는데 그 맛에 빠져 있다는 것이다. 어머님도 호박잎국이 맛이 있어서 부른 건 아닐 것이다. 온종일 쭈그려 앉아 떨고 있다가 따끈한 국물이 있는 저녁상을 받아보니 옆집 아줌마가 생각났을 것이다.

정이란 별것 아닌 것에 있다. 그러나 지금은 그 소박한 정을 나누던 어르신들이 도시개발이라는 글자에 서로가 흩어져 살아간다. 이불 보따리만 한 짐을 네다섯 개씩 거뜬히 이어 나르던 젊은 혈기는 어디로 사라졌는지 다리가 아파 걷기조차 힘든 어른들이다.

그때는 우리 집 부엌 한쪽에는 술 항아리가 있었다. 농사철에는 목마름을 달래주었고 겨울철에는 생활에 활력을 주었다. 어른들은 김치와 동동주를 한 상 차려드리면 기분 좋게 드시고 음악에 맞춰 노래를 부르고 춤을 추며 놀았다. 흥이 무르익을 무렵에 옆집 아줌마가 내 방문을 열고 들어와 노래 한 곡 부르라며 끌고 간다. 나는 노래도 못할뿐더러 젊은 새댁이 맨정신으로 어떻게 노래를 부를까 걱정되어 황소처럼 버텼다. 술기운이 있는 어른들은 내 말은 듣지 않고 한 곡 불러야 내보냈다. 그때는 그게 곤욕이었는데 그때를 떠올려 보면 아름다운 추억이었고 그리움이다.

그렇게 잘 놀던 어른들이 이순도 되기 전 막걸리 한잔 들지 못했다. 어머님은 시장은 가야 하고 허기진 배를 채우려고 할 수 없이 막걸리에 밥을 말아 들었다. 그렇다고 술꾼도 아니었는데 식사를 하려면 어쩔 수 없었다.

여자가 아이를 가졌을 때 좋아했던 것이나 맛있게 먹은 음식

은 평생 잊지 못한다. 임산부는 사소한 것에서 입맛을 찾을 때
가 있다. 옆집 아줌마는 임신도 하지 않았는데 그때 그 호박잎
국을 잊지 못한다며 내 등을 토닥거린다.

한밤에 걸려온 전화

알람을 맞춰 놓고 11시쯤 잠이 들었다. 잠시 눈을 감은 것 같은데 귀뚜르르르 귀뚜르르르 하는 소리가 크게 들려온다. 벌써 알람이 울리나. 비몽사몽 휴대폰을 들었다. 피곤했는지 눈이 떠지지 않는다.

불 켜고 휴대폰을 열었다. 어머니라는 글자가 희미하게 보인다. 두 눈을 지그시 감고 어머니, 하고 겨우 입을 여는 순간 다급한 목소리로 어디냐고 묻는다. 집에 있는데 무슨 일 있어요? 라고 하자 아버지가 집을 나갔다며 울컥하는 목소리다. 아닌 밤중에 홍두깨라더니 새벽 1시에 어디를 가셨을까. 잠이 천 리 밖으로 달아났다. 언제쯤 나갔냐고 묻자 모른다고 한다. 집안에 불이 환하게 켜져 있어 화장실 간 줄 알았는데 한참을 기다려도 인기척이 없어 찾아보니 안 보인다는 것이다. 화들짝 놀라서 그길로 집을 나섰다.

새벽 두 시 캄캄한 밤중에 어디부터 찾아야 할까. 이 밤에 어디를 가신 걸까. 산본에서 평촌으로 가는 동안 머릿속이 하얗게 된 느낌이다. 심장은 벌렁벌렁 뛰고 불길한 생각에 마음이 초조했다. 순간 시아버님이 평소 다니던 골목길 중 대학병원이 아닐까 하는 생각이 들었다. 분명 병원에 간다고 나갔을 것이고 그곳에 가면 찾을 수 있을 거라는 생각으로 갔다.

일단 어머니 집으로 달려갔다. 물 한 모금 얻어먹지 못한 풀잎처럼 축 처진 얼굴로 넋이 나간 듯 침대 끄트머리에 앉아 있다. 눈이 십 리나 들어간 것 같아서 시원한 냉수를 한 컵 드렸다. 아버님은 휴대폰을 들고 나갔는데 받지 않는다는 것이다. 바깥 풍경처럼 막막했다. 차분하게 수습하자 내가 불안함을 보이면 안 되겠지 싶어 경찰에 신고부터 했다. 그럼 위치 추적이 가능하여 찾을 수 있을 것 같았다.

우리는 다급한데 전화를 받은 경찰은 간밤에 걸려온 전화가 많아 시간이 좀 걸린다고 한다. 그러면서 몇 가지 질문할 게 있으니 우리가 있는 위치를 말해달라고 했다. 동서와 함께 아파트 입구로 나가서 경찰을 기다렸다. 풀밭에서 귀뚜르르르 귀뚜르르르 하는 소리가 크게 다가온다. 평소에는 맑고 아름답던 귀뚜라미 소리가 오늘따라 처량하게 들렸다.

그 사이 두 형제는 차를 타고 골목길 어둠 속을 돌고 다녔다. 얼마나 있었을까. 아버님이 대학병원 응급실에 있다는 전화가 왔다. 안도의 숨을 내쉬고 동서와 함께 귀뚜라미 뛰어다니듯 병원으로 달려갔다. 늦여름 밤 두 동서 간에 담박질은 마라톤 선수처럼 빨랐다.

병원에 도착하자 온몸은 땀으로 범벅이 되어있고 다리가 후들거렸다. 그때 서야 꿈이 아닌 현실이라는 게 실감 났다. 아버님이 응급실에서 치료를 받는 사이 경찰이 왔다. 그곳을 지나가던 행인이 쓰러져있는 노인을 보고 119로 신고하였는데 그 시간이 12시쯤이라고 한다. 그 밤에 어떤 귀인이 아버님을 보고 신고해 주었을까. 구세주 같았다. 자칫 잘못하면 큰 사고로 이어질 수 있지 않았을까 하는 아찔한 생각이 들었다. 인도에서 넘어져 있었으니 그만하지 차도에서 넘어졌다면 어떻게 되었을까.

동서와 나는 병원을 지키고 두 형제는 집으로 보냈다. 응급실에 누워 있던 아버님 옷에는 흙과 가랑잎들이 여기저기 묻어 있다. 캄캄한 밤에 다리에 힘도 없는 상태로 나왔으니 몇 번을 넘어졌겠지. 아스팔트 길에서 얼굴을 부딪쳤는지 피가 났다. 그리고 팔과 다리에 흙이 묻어 있고 깨진 부위에는 피가 맺혀 있다. 발음도 어둔하여 묻는 말에 대답도 잘하지 못하고 누워 있는 아버님을 보고 있으려니 안쓰러웠다. 그러나 불행 중 다행이라고 큰 외상은 없었다. 치매기가 있는 것은 아니지만 봄에도 약국에 간다고 나와서 넘어졌다. 그때 눈썹 근처를 몇 바늘 꿰맸는데 또 그 자리를 다친 것이다. 그런 아버님이 길가에 쓰러져 있는 것을 아무도 보지 못했다면 큰일을 당할 수 있지 않았을까.

새벽 출근을 하려고 4시 30분에 알람을 맞춰놨는데 20분이나 더 초과한 50분이다. 집안은 수습이 되었고 출근 시간이 되어 내려왔는데 아파트 화단에는 귀뚜라미들이 여전히 귀뚜르르르 귀뚜르르르 울고 있다. 긴장이 풀리고 생각해보니 큰아들 초등학교 5학년 때가 생각난다. 아들과 함께 엘리베이터를 타려는데 몸이 불편한 할머니가 왔다. 나는 평소에 그 할머니만 보면 인상을 찡그렸다. 옷에서 냄새도 나고 삐뚤어진 치아에 흐트러진 머리가 지저분했기 때문이다. 그런 노인과 밀폐된 공간에 같이 있으려니 불편했다. 그러나 아들은 할머니 곁에 다가가 팔짱을 끼며 그 할머니 집 호수를 눌렀다. 그리고 엘리베이터 문이 열리자 댁까지 모셔다드리고 왔다.

평소에 깔끔한 녀석이라 그런 행동을 한다는 게 화들짝 놀랐다. 아들을 잘못 본 건가? 나름대로 생각을 해 봤지만 이해할 수가 없었다. 그래서 냄새나지 않냐고 물었다. 아들은 방긋 웃으며 냄새는 나지만 집 호수를 잘 몰라서 층층 마다 눌러 놓고 내렸다 탔다 한다는 것이다. 그런 모습을 몇 번 본 뒤부터 할머니와 함께 타면 꼭 모셔다드렸다고 한다. 그러면서 우리 할머니 같아서 그런다는 말을 덧붙였다. 만약에 우리 할머니가 길을 잃어버리거나 아플 때 누군가가 도와주면 집까지 무사히 돌아올 수 있지 않겠냐고 했다.

그랬다. 나는 층층 마다 엘리베이터 버튼을 눌러서 공동 전기료만 걱정했는데 아들은 그 할머니 동정을 관심 있게 살핀 것이다. 아들 보기가 부끄러웠다. 내 이기적인 생각이. 그러고 보면 배움이라는 것은 끝이 없다. 살아 있는 동안 배울 일들이 얼마나 많은가. 공부든 생활이든. 요리든.

아들의 행동처럼 누군가가 베푸는 작은 관심은 여러 사람을 행복하게 한다. 길 잃은 노인이 가족 품으로 무사히 돌아갈 수 있다는 게 얼마나 좋은 일인가. 한밤에 집을 나온 아버님도 내 아들 같은 누군가를 만나지 않았더라면 어떻게 되었을까. 사회라는 건 어우러져 사는 것인데 아무리 똑똑한 사람이라도 혼자서는 살아갈 수가 없다.

목화솜처럼 포근한 마음으로 출근길에 나섰다. 맑은 공기를 마시며 듣는 귀뚜라미 울음소리가 다시 맑고 청아하게 들려온다. 귀뚜르르르 귀뚜르르르

고모부 서재

    시고모부님이 돌아가셨다. 갑작스럽게 당한 일이라 어안이 벙벙하다. 두 달 전 고종사촌 딸 혼례식에서 뵈었다. 그런데 이게 웬일인가. 서둘러 영안실로 갔다. 이른 시간이라 조문객이 별로 없다. 고모부님 영정 앞에서 발걸음을 멈췄다. '생전 모습처럼 여전히 환하게 웃는 모습이다. 편안하고 인자한 모습 그대로.' 눈시울이 붉어진다. 한참 그렇게 서 있는데 누군가 내 등을 두드린다.

    "조카며느리 왔어, 형부가 그렇게 예뻐하시더니. 어떻게 가셨는지 몰라."

    막내 고모님 음성이 떨린다.

    그랬다. 그동안 고모부님 사랑을 듬뿍 받았다. 집안 행사에 올 때마다 자상한 표정과 말씀에 마음을 읽었다. 나는 고모부

표정을 보면 어떤 말씀을 하려는지 알 수 있었다. 넌지시 바라보는 그 눈빛에서. 그래서인지 어떤 말을 하지 않아도 무엇을 말하려는지 알고 있었다.

고모부님 댁은 2층이다. 1층은 세를 놓았는데 8평 남짓한 방 하나를 비워 고모부님 활동을 전시관처럼 꾸며 놓았다. 사면의 벽에는 책꽂이가 놓여있는데 중요한 자료가 될 만한 책과 각종 기념품 등을 진열해 놓았다. 방 안에 들어가면 내가 보내드린 책들이 가장 잘 보이는 곳에 꽂혀 있었다. 그리고 친구분들이 오면 그 책들을 꺼내 자랑한다고 했다. 그런 말씀을 들을 때마다 부끄럽기도 하고 힘이 되기도 했다.

책꽂이 위에는 영빈관에서 전직 대통령과 찍은 사진이 나란히 걸려있다. 사회 활동을 많이 한다는 말은 들었지만 네 분의 전직 대통령과 악수하며 찍은 사진들이 뿌듯했다. 그중 전직 모 대통령과 비슷한 이미지를 가진 고모부는 늘 편안한 모습이었다. 책꽂이 구석구석 살펴보면 고모부님 삶을 한눈에 보는 것 같아 흥미로웠다.

고모부는 집안 행사가 있으면 온 가족을 데리고 참석한다. 친가나 처가를 나누지 않고 똑같이 대해 주면서. 그런 성품을 가졌기에 시댁 친지들도 집안 행사가 있으면 온 가족이 참석했다. 처음에는 좀 불편할 때도 있었다. 시간도 부족하고 시고모님 생신까지 챙긴다는 게 쉽지 않았다. 그러나 여러 해 반복을 하다 보니 친지 간에 오고 가는 정이 들어 작은 행사도 기다려졌다.

고모부 말씀대로 안 보면 남남처럼 되지만 자꾸 보면 정이 든다.

몇 년 전, 고모부님 생신 때 안양근교에 사는 친지들이 다 모였다. 나는 근무를 해야 해서 참석을 하지 못했으나 마음은 고모님 댁에 가 있었다. 그 뒤 소식이 궁금한데 저녁 늦게 동서에게서 전화가 왔다. '그 자리에 내가 있어야 하는데 그 자리가 비어있어 고모부께서 많이 서운한 표정을 지었다.'고 한다. 그 말에 가슴이 울컥했다. 동서는 고모부 서재를 둘러보며 기념될 만한 부분의 사진을 찍어 내게 보내왔다. 고모부께서 내게 보여주고 싶어하는 마음을 읽은 모양이다. 그리고 내가 꼭 필요할 것 같다면서 형님이 갔어야 할 자리라는 말도 잊지 않았다. 고모부는 나와 공유하는 게 많다 보니 보여 줄 것도 많았으리라.

고모부는 내가 문학을 한다는 것이 좋은 모양이다. 시댁 식구 중 전문직과 좋은 직업을 가진 가족들이 가까운 곳에 있어도 부러워하지 않았다. 그 직업은 공부만 하면 얻을 수 있다고. 그러나 글을 쓴다는 것은 늘 창의적인 생각을 가져야 쓸 수 있다며 대단하게 여겼다. 게다가 고모부도 붓글씨를 쓰며 작품 활동을 하고 있으니 더 예뻐했는지 모른다.

영정 앞에 선 나는 친정아버지를 떠올리며 할 말을 잃었다. 고모부님은 내가 글 쓰는 것에 대하여 친정아버지처럼 좋아했다. 아버지는 내가 등단도 하기 전 온 동네를 돌아다니며 딸이 작가라고 자랑을 하였다. 그러나 아쉽게도 아버지가 돌아가시던 해 가을에 등단하여 친정 식구들 눈에 눈물을 고이게 했다.

아버지 유일한 혈육인 고모는 오빠의 빈자리를 끝내 아쉬워하며 기쁨의 눈물을 보이기도 했다.

그런 고귀한 아버지 역할을 대신한 분이 시고모부였기에 더 의지가 되었다. 친지들이 모이면 작품 활동에 대한 인사가 먼저였다. 시댁 어른이 이렇게 관심을 주는 것만으로도 든든했다. 그리고 마음 한편에는 새싹이 움트는 것처럼 뿌듯하고 글 소재로 생동감을 줄 때도 있었다. 우리 집 행사에 왔다가는 길에 내 수필집이나 동인지를 드리면 친구분들에게 자랑한다며 미소 짓던 고모부님 표정이 아른거린다. 더 줄 수 없냐고, 더 필요하다고 하던 말씀이 귓전에서 맴돈다. 그 한마디 말씀으로 어깨가 으쓱하게 했는데. 그렇게 늘 넘치는 사랑을 듬뿍 받으면서도 동서들 눈치 살피느라 고맙다는 말도 제대로 하지 못했다.

고모부님 장례를 치르고 왔다. 두 동서가 번갈아 가며 전화를 걸어왔다. 나는 뜻밖의 통화 내용에 정신이 번쩍 들었다.

"고모부님께서 형님을 참 예뻐하고 잘 챙겨주셨는데 아쉽고 섭섭하지요."

동서들도 고모부님 문상을 다녀오며 그간의 일들이 떠오른 모양이다. 동서들의 비슷한 통화 내용에 고모부님을 더 그립게 했다. 나는 그때서야 내 가슴에 남아있는 솔직한 마음을 털어놓았다. 그래, 정말 예뻐했지. 그런데도 나는 고맙다는 표현 한 번 제대로 하지 못했어. 동서들이 나를 시기하고 미워할까 봐 마음으로만 품고 살았지. 그게 마음에 걸려. 하지만 고모부님도 그런 내 마음 알고 가셨을 거야. 말은 그렇게 했어도 마음 한편에 아쉬움이 밀려온다. 그래도 이런 내 마음을 조금이라도 알아주는 동서들이 있어 위안이 되었다.

벚꽃과 개나리, 진달래꽃들이 봄날을 노래한다. 이번 주말에는 고모부님이 계시는 선영에 가봐야겠다. 수리산 진달래꽃들도 합창할 것이다.

복숭아

어머니는 첫새벽에 일어난다. 아침 이슬이 마르지도 않은 채소를 손질하여 안양 중앙시장으로 팔러 나간다. 저녁 아홉 시가 넘을 무렵에야 돌아왔는데 보따리 안에는 풋사과, 참외, 자두, 아이스크림, 반찬거리가 들어있다. 나는 시누이와 함께 어머니 보따리 들추는 재미에 시간 가는 줄 몰랐다.

그렇게 이태를 보내고 시누이가 시집을 갔다. 나는 돌 지난 아들과 어머니 기다리는 즐거움으로 살아가는데 시누이가 임신했다며 친정에 왔다. 먹고 싶은 것을 묻자 잡채와 복숭아라고 한다. 저녁에 어머니가 돌아왔다. 시누이와 나는 예전에 일들을 생각하며 즐거운 마음으로 보따리를 풀었다. 새색시 볼처럼 붉으스름하고 탐스러운 복숭아 몇 개가 방긋 웃고 있다. 바라만 봐도 먹음직스러웠다. 어머니는 시누이에게 건네주며 방으로 들어가라고 했다.

당시 나와 시누이는 임신 3개월이었다. 순간 어머니가 야속했다. 딸과 며느리가 같이 임신했는데 어떻게 시누이에게만 복숭아를 주실까. 평소 정 많고 차별 없는 분이었는데. '그래, 시어머니는 시어머니구나 하는 생각이 들었다.' 순간 가슴이 울컥했지만 애써 밝은 표정을 했다. 어머니 저녁상을 치우고 내 방으로 들어와 이불을 펴는데 방문을 똑똑 두드린다.

"언니, 아까 서운했지요? 그땐 제 생각이 모자랐어요. 엄마가 언니와 나눠 먹으라고 하네요."

그 말을 듣는 순간 참았던 눈물이 핑 돌았다. 시누이는 어려서 소아마비를 앓았는데 그 열병으로 손이 약간 틀어지고 다리도 절룩거린다. 내가 시집오기 전에는 사람들과 만나지 않았다고 했다. 집에서 혼자 지내는 시누이가 안쓰러웠다. 친구도 없고, 오로지 가는 곳이라고는 성당밖에 없었다. 나는 그런 시누이를 데리고 시장도 가고, 내 방에서 이야기를 나누며 허물없이 지냈다. 텅 빈 집에 둘이 있다 보니 일가친지들 이야기와 동네 사람들이 살아온 이야기도 들려주었다. 게다가 음식 솜씨도 좋아서 시집가기 전에는 집안일을 다 해주었다.

내가 첫아이 임신을 하여 몸이 무거울 때였다. 점심을 먹고 나면 졸음이 쏟아져 거실에 누워 있다가 스르르 잠이 들었다. 한참 자고 일어나보면 해는 중천에 떠 있는데 부지런한 시누이는 방과 거실을 깨끗이 청소해 놓고 안마당 바깥마당까지 다

쓸어 놨다. 바깥마당 옆 밭에서 고추, 깻잎, 근대 호박잎 등을 따다가 저녁 반찬을 만들어 식탁보를 덮어놓았다. 그리고 밭에 간 아버님과 내가 일어나기만을 기다렸다. 때로는 미안하고 고맙지만 그게 당연한 줄로 받아들였다. 몸이 무겁다고 내가 할 일을 다 해주던 천사 같은 시누이였다. 그런 시누이가 먹고 싶은 게 있다고 친정에 왔다. 좋아하는 음식을 직접 해주지는 못할지언정 어머니가 대신해 주었는데도 복숭아 몇 개 준 것이 뭐가 그리 서운했을까. 속 좁은 나 자신이 부끄러웠다.

그 후 5개월째 정기 검진을 받으러 친정에 왔다. 나는 배가 약간 나와서 볼록한데 시누이는 그대로였다. 누구 배가 더 나왔는지 서로 만져보며 산부인과로 갔다. 한참 후 시누이가 심각한 표정으로 나왔다. 진료 잘 받았냐고 묻자 시무룩한 얼굴이다. 한마디만 더하면 소낙비가 내릴 듯하다. 그래서 조심스럽게 무슨 일 있었냐고 다시 물었다. 시누이는 아무런 일도 없었다는 듯한 표정으로 살짝 웃었다. 그리고 한마디 했다.

"언니, 나 상상임신이래요."

'이건 또 무슨 날벼락이람.'

"무슨 소리야 고모. 뭐 잘못 들은 거 아니에요."

그랬다. 시누이는 아이를 기다렸던 모양이다. 얼마나 기다렸으면 상상임신을 하였을까. 겉으로는 그런 내색 한 번 하지 않더니만 그사이 마음고생은 얼마나 하였을까. 나와 동갑인 시누이가 안쓰럽고 측은했다. 무어라고 위로의 말도 할 수 없었다.

점점 불러오는 내 배를 감출 수도 없었다. 그런데도 시누이는 오히려 나에게 몸조심하라고 종종 안부 전화를 했다. 당시 시누이의 시댁에서는 아이는 기다리지 않았고, 부부간에 행복하게 잘 살아 주기를 원했다.

그 후 나는 복숭아만 보면 시누이가 생각나서 먹을 수가 없었다. 제아무리 맛있고 달콤하여도 시누이와의 그 아픔이 떠올라 복숭아를 사고 싶지 않았다. 그때, 그 서운함이 미안하고 부끄러운 마음이었다. 작은아이는 우량아로 토실토실하게 자랐다. 그 모습을 보면서도 복숭아에 대한 슬픈 기억은 사라지지 않았다.

임신에 대한 아픈 사연을 간직한 시누이에게 끝내 아이는 찾아오지 않았다. 그러나 부부간의 사랑은 복숭아의 달콤한 맛보다 더 달콤하게 살아간다. 시댁 어른들로부터 받는 사랑도 끝이 없으니 아이에 대한 미련을 접은 지 오래다. 사람이 찾아오는 것을 좋아해 누구라도 반갑게 맞이했다. 그런 시누이가 시어머니 모시고 알콩달콩 살았다. 시댁 형님들은 그런 막내를 친동생처럼 보듬어가며 모자람 없이 늘 풍족하게 대해 주었다. 시누이는 예나 지금이나 틈만 나면 갖가지 밑반찬 만들어 냉장고에 보관해둔다. 그리고 시댁 식구든 친정 식구든 이것저것 챙겨줘야 마음이 편안하다는 천사 같은 마음으로 산다.

복숭아는 껍데기를 쉽게 만질 수 없이 껄껄하다. 그러나 그 껄껄함을 씻어내면 매끈하고 보기 좋은 모습으로 나타난다. 하얀 속살과 은은한 향기는 부드럽고 달콤한 맛에 빠져들게 한다. 그리고 속 깊숙이 자리 잡은 백옥 같은 씨 하나까지 버릴 게 없다. 동글동글 탐스러운 핑크빛 복숭아처럼 시누이와 올케의 관계가 이대로 이어질 것이다. 남편으로 인해 남남으로 만난 시누이와 올케지만 쉽게 다가설 수 없는 건 아니다. 누군가 한 사람 마음을 터놓으면 편안하고 부드러운 사이가 시누이와 올케 사이다.

복숭아만 보면 나는 그때 일들이 생생하여 한동안 손에 잡히지 않았다. 그러나 달콤한 복숭아 맛처럼 행복하게 살아가는 시누이를 보면서 마음이 좀 편안해졌다. 그래서 올여름 복숭아를 한 상자 사서 어머니와 나눠 먹었다. 유독 달콤한 복숭아를 먹다 보니 사람과 사람 사이에도 이처럼 달콤한 사이가 있었다는 것을 새삼 떠올려 본다.

얇은 가랑잎처럼

　중학교 동창 세 명이 중국 여행을 가기로 했다. 결혼하고 처음으로 혼자 떠나는 여행이다. 학창 시절, 수학여행 전날보다 더 설레는 마음으로 들떠 있는데 요양병원에 입원 중인 큰 시어머니가 위독하다는 소식이 들려왔다. 순간 여행 중에 큰일이 생기는 건 아닐까 하면서도 떠날 날을 기다렸다.

　작은 아이 혼례 날을 정하고 병석에 누워 있는 큰어머니께 갔다. 침대에 누워 있는 몸으로 어떤 일이 있어도 참석을 해야 한다며 작은아이와 예비 손주며느리 손을 꼭 잡고 놓지 않았다. 가랑잎 같은 모습으로 걷지도 못하고 휠체어에 의존해야 하는데 가슴이 뭉클하다.

　며느리가 시집온 지 1년 남짓하였지만 서로 바쁘다 보니 병문안을 가지 못했다. 결혼 전 인사하러 병실에 간 것과 결혼식

날 휠체어에 앉아 있는 모습을 잠깐 보고 명절날 차례를 지내고 난 뒤 병문안을 간 일이 전부였다. 그래서 혹시나 하는 마음에 여행 전 아들 내외를 데리고 문병을 갔다. 생전에 한 번이라도 더 뵈라는 의미였다.

6인 병실은 온전한 사람이 없다. 거동하기 힘든 어르신이 가랑잎 같은 모습으로 침대에 누워서 누군가를 기다리고 있다. 말을 하지 않아도 눈빛을 보면 무엇을 의미하는지 감이 온다. 금방이라도 자리에서 벌떡 일어나 사뿐사뿐 걸었으면 하는 마음과 자식들의 발길을 애타게 기다리는 마음이 선연하다. 평소에 좋아한 호박죽이라도 끓여다 드리고 싶어도 당뇨병이 있어 조심스러웠다. 게다가 직장에 다니면서 동네일도 하고 농사까지 짓다 보니 마음뿐이다.

그런 내 일정을 잘 아는 큰어머니는 시간 내어 병원에 가면 '바쁜 사람이 어떻게 왔어. 고맙다.'라는 말을 잊지 않았다. 말하기도 힘든 것 같은데 정신은 예전과 같은지 맛있는 거 사줘야 한다는 말도 빠뜨리지 않았다. 집에 갈 때 배고프지 않게 꼭 사서 먹고 가라고 했다. 정신이 오락가락하여 사람도 잘 알아보지 못하면서 바쁜 내 일정을 기억했다. 잠시 병실에 있는 동안 냉장고에 있는 음료수와 과일이라도 하나 꺼내 먹어야 편안한 모습이었다. 그런 큰어머니는 투병 생활 8년이 넘어도 음식을 나누는 인정은 변하지 않았다. 핼쑥해진 모습을 보고 있으려니 눈물이 빙 돌 것 같아서 병실을 나왔다.

친구들과 황산 여행을 가기 위하여 인천공항으로 갔다. 몸은 여행길에 나섰는데 마음은 요양병원에 가 있다. 그러나 그런 격정도 잠시 여행길에 나선 나는 지나가는 새만 보아도 웃고 떠들던 십 대의 소녀가 되어 깔깔거렸다. 중국은 여러 곳 다녀왔지만 가는 곳마다 색다르게 느껴진다. 강은 강대로 산은 산대로 위엄 있게 펼쳐지는 풍경에 눈을 뗄 수 없을 정도로 황홀하다.

황산을 가기 위하여 삼청산부터 갔다. 산 중턱까지 케이블카를 타고 올라가는데 산봉우리 하나하나가 표현할 수 없는 풍경들로 장관을 이루었다. 푸른 하늘처럼 마음을 맑게 한다. 산기슭마다 연분홍빛 두견화가 수줍은 듯 살랑살랑 웃고 있다. 산 입구에는 진달래꽃보다 조금 큰 두견화가 가지마다 다닥다닥 붙어서 우리 일행을 환영하듯 월계관을 만들어 놓았다.

황산은 년 중에 250일은 비가 온다고 한다. 맑은 날 보기가 어려워 비가 오지 않는 날은 개울가로 나가 빨래를 한다고 했다. 우리가 도착하기 전날까지 억수로 쏟아진 비가 활짝 개었다며 청명한 날 보는 게 행운이라고 한다. 그리고 두견화를 본다는 건 천운인데 우리 일행들이 행운과 천운을 다 갖고 왔다고 한다.

일부는 산 중턱 평지에서 쉬고 있고, 일부는 1시간 정도 가벼운 산행을 했다. 우리는 한 친구만 남아있고 둘이서 정상으로 갔다. 병풍 같은 풍경들을 눈 속에 담으며 휴대폰에 남기며 신나는 산행을 하고 내려왔다. 그런데 이게 웬일인가. 그 즐거움도 가시기 전에 남아있던 친구가 다리 부상으로 꿈쩍을 하지 못했다. 친구는 그 높은 산에서 들것에 실려 내려왔다. 가이드는 계단이 많은 황산에 가려고 준비 운동 삼아 가볍게 오른 산이었는데 이런 불행이 생긴 것이라며 안타까워했다. 그 친구는 오전 여행만 하고 병원에서 치료를 받은 뒤 호텔로 갔다. 야트막한 계단에서 가랑잎 날아가듯 가볍게 넘어진 게 무릎뼈에 금이 간 것이다.

다음 날 우리는 발길이 떨어지지 않는 여행을 해야 했다. 같이 간 친구를 호텔 방에 두고 나서는 마음이 오죽할까. 마음 한 구석에는 미안한 마음이 있었지만 일단 나섰다. 황산의 봉우리는 수천만 개가 뭉쳐 있다. 넓은 지평선 같은 산봉우리가 자연의 거대함을 만끽하게 한다. 끝없이 이어진 능선의 아름다움에 입이 다물어지지 않았다. 중국 십 대 명승구 중 유일한 산악풍경이라고 한다. 황산은 황하강, 장강, 만리장성과 함께 어깨를 견줄 만한 관광지로 꼽힌다고 한다. 그 어떤 명작의 화가도 이렇게 아름다운 산수화는 그리지 못할 것 같았다. 그러니 1990년 12월 유네스코에 의해 세계 자연유산의 하나로 인정받은 게 아닌가 싶다.

산속에는 천년이 넘은 소나무들이 자연 분재가 되어 더 신비롭게 했다. 높은 산 돌멩이 끄트머리에 아슬아슬하게 매달려 있는 자연의 분재들, 생명의 소중함과 위대함을 보여준다. 사람이 갈 수 없는 험한 길은 케이블카를 이용했다. 또 낭떠러지 계단들은 겨우 한 사람이 지나갈 정도로 좁았다. 철근을 의지하지 않으면 갈 수 없는 길이다.

황산의 정상은 연하봉이다. 스물네 명의 일행 중 일곱 명이 갔다. 사방을 둘러봐도 꿈을 꾸고 있는 것처럼 황홀하다. 자연 병풍을 펼쳐놓은 듯한 산새가 그림보다 더 아름답다. 수백 만개의 능선을 보며 어느 화가가 저런 그림을 그릴까 하는 마음이 일었다. 곡선 하나하나 유명한 건축가도 설계하지 못할 것 같은 풍경 그것은 자연이 만들어 내는 수채화다.

연하봉 정상에서 긴 호흡을 내 뿜으며 누구도 흉내 내지 못할 그림을 감상하고 서 있는데 어머님 전화가 왔다. 큰어머니 소식이 아닐까 싶어 가슴이 철렁했다. 내가 내색을 하면 같이 간 친구에게 또 다른 걱정을 줄까 봐 가슴으로 새겼다. 이번 여행에서의 마지막 코스로 평생 잊지 못할 연하봉이 아닌가. 그러니 친구를 호텔 방에 두고 온 것처럼 마음은 구름 속 얼굴에는 웃음꽃이다.

인천공항에 도착하여 어머님께 전화부터 했다. 큰어머니가 위독하니 가보라는 것이다. 그 길로 요양병원으로 갔다. 환자용 철 침대에 큰어머니는 얇은 가랑잎처럼 사뿐히 누워 있다. 무거운 짐을 다 내려놓았는지 긴 호흡을 한다. 서서히 내쉬는 숨소리가 길게 이어진다. 뼈와 가죽밖에 없는 손을 꼭 잡았다. '큰엄마 저, 왔어요. 오늘은 바쁜데 큰엄마 뵈러 왔어요.'라고 말해도 기척이 없다. 덮고 있던 이불을 살짝 들어 보았더니 등과 배가 맞닿을 듯하다. 일주일 전만 해도 바쁜데 어떻게 왔냐고, 맛있는 거 사주지 못하여 미안하다더니 아무런 말도 하지 못한 채 눈을 감고 있다. 힘들게 내쉬는 숨소리가 눈시울을 적시게 한다. 저렇게 들이마실 수도 내뱉을 수도 없는 게 먼 여행길로 가는 마지막 모습인 모양이다.

그날, 그 시간 큰어머니는 나의 향기와 목소리를 듣고 있었을 것이다. 옆에 있는 걸 알면서도 표현하지 못했을 것이다. 그것도 아니면 말을 할 수가 없어서 '그래, 가는 길에 맛있는 거 꼭 사서 먹고 가거라.'라고 했을 것이다.

마지막 작품

　시고모부께서 붓글씨 연습을 하며 쓴 첫 작품을 가져왔다. 노인을 공경하고, 부모님께 효도하라는 경로효친敬老孝親은 안방에 걸어 놓고, 형제간에 우애를 돈독히 여기며 살아가라는 형제우애兄弟友愛는 아이들 방에 났다. 그리고 누구를 대하든 친절하게 상대하라는 친절봉사親切奉祀는 거실에 걸어 놓고 보니 마음이 뿌듯했다. 반듯하게 쓴 글씨는 멋진 풍경화 못지않게 집안을 근사하게 꾸며 났다.

　그 뒤 1년이 지났을까. 고모부로부터 편지를 받았다. 누런 서류 봉투 안에는 경로효친敬老孝親과 부저상유部置常有 부하고 귀한 일이 항상 집에 있으라는, 홍익인간弘益人間항상 따뜻한 마음으로 생활하고 누구를 대하든 너그럽게 대하는 사람이 되라는 글이다. 자상한 고모부는 젊은 내가 한자를 잘 모르니까 뜻풀이까지 자세히 적어 보냈다.

고모부는 내가 작가라는 명칭 때문에 더 정을 주었다. 한씨 가문에 좋은 직업을 가진 친지들이 있어도 조카며느리가 자랑스럽다고 했다. 그런 말을 할 때마다 몸 둘 바 모르고 쥐구멍이라도 찾아 숨고 싶었다. 그러면서도 시댁 어른이 글 쓰는 것에 대하여 긍정적으로 대해 주니까 어깨가 으쓱했다. 그런데도 나는 고모부 앞에만 서면 작은 풀잎이 되었다. 마음 같아서는 큰 나무처럼 당당해지고 싶었는데 동서들과의 관계 때문에 살짝 눈웃음만 쳤다.

그러던 어느 날, 손녀딸 결혼식에 꼭 오라는 전화가 왔다. 힘들게 쓴 작품이 있으니 그날 주겠다고. 식장 안에 들어서자 고모부 가족이 보였다. 든든했던 체형이었는데 야윈 얼굴에 겉옷이 헐렁헐렁하다. 편찮다는 말은 들었어도 이처럼 반쪽이 되어 있을 줄은 상상하지 못했다. 휠체어를 밀고 있던 큰아가씨가 미리 준비한 쇼핑백을 고모부께 건네주었다. 그 야윈 모습으로 말하기도 힘든 기운으로 작품을 꺼냈다. 막내 고모님과 작은아버지, 큰집 형님께 하나씩 주었다. 그리고 내게 한 점을 건네주며 '이게 마지막 작품이 될 거야.'라고 한다. 서류 봉투를 받아든 순간 심장이 멎을 듯 찡하게 흐르는 전율이 물감 번지듯 온몸으로 번졌다.

얼마나 소중한 작품인가. 저 힘든 모습으로 한 획 두 획 그어 내리며 쓴 글이 아닌가. 이 작품을 쓰며 무슨 생각을 하였을까.

글자 하나하나 살아 숨 쉬는 듯하다. 이런저런 생각들이 꿈틀거린다. 그때 힘겨운 목소리가 들려온다.

"별 볼 일 없는 작품이지만 고모부 마음이니까 액자 속에 표구해서 잘 간직해."

라고 하던 얼굴은 편안해 보였다. 고모부로부터 받은 첫 작품은 연습하며 쓴 글이라 첫정이 들어있어 거실과 안방에 걸어놨고, 그 뒤에 쓴 것은 정성껏 쓴 작품이라며 표구해서 걸어 두라는 말을 남겼기에 잘 보관해두었고, 마지막 이 작품은 병석에서 힘들게 쓴 작품이 아닌가. 이 귀한 작품들 속에는 고모부의 첫 마음과 마지막 마음이 들어있다.

고모부는 2015년 경로효친敬老孝親을 마지막 작품으로 남겨주었다. 노인을 공경하고 부모님께 효도하라는 말을 일상어처럼 했다. 아파트 노인정에서 주부들을 대상으로 붓글씨 지도를 하며 도덕과 윤리를 중요하게 여겼다. 내 또래들을 지도하다 보면 조카며느리가 생각난다고 했다. 가까운 곳에 살았더라면 같이 배워도 되는데 라는 말을 종종 했다. 나 또한 붓글씨 쓰는 것을 좋아해서 배우고 싶어도 산본과 하남이라는 먼 거리로 수업하러 간다는 게 싫지 않았다.

노인을 존경하고 효도를 한다는 게 쉬운 일은 아니다. 예전에 아는 언니가 그랬다. 시아버지가 치매에 걸려 대소변을 받아 내는데 딸들도 하지 않는 일을 혼자 했다는 것이다. 그때만 해도 궂은일에는 며느리가 했다. 시아버지가 건강할 때는 자주 오던 형제들이 병석에 누워 있을 때는 발길이 뜸하였다는 것이다. 그렇게 몇 년을 보내고 시아버지가 돌아가자 재산을 갖고 형제간에 의견 충돌이 생겼다는 것이다. 그 언니는 재산보다 부모님께 더 잘해드리지 못한 것이 마음에 걸리는데 두 딸이 와서 집안 불화를 일으키자 화가 났다고 했다. 시누이들 하는 행동이 얄미운 언니는 아버지 속옷 벗겨 씻어드린 사람 있으면 나와 보라고 한마디 했더니 싸움이 중단되었다는 것이다.

그 언니가 한 말이 가슴에 와닿아 귀담아 두고 사는데 문학을 하는 지인들과 부모님에 관한 이야기를 하게 되었다. 효성이 지극한 지인은 셋째 며느리였다. 당시 그의 시어머니도 병석에 있었고 병문안을 갔는데 기저귀를 갈아드려야 했다는 것이다. 마침 큰일을 하여 닦아드리려고 물을 받아와 씻기는데 그 오물이 튀어 입으로 들어갔다고 했다. 마음 같아서는 뱉어내고 싶었는데 자존심이 강한 어머니가 보면 불편할까 봐 순간을 웃음으로 면했다고 했다. 참으로 현명한 행동이다.

그 시어머니는 한참 뒤에 그 일을 되물었다고 했다. 그날 그 더러운 물이 입에 튀어 들어갔는데 왜 뱉어내지 않았냐고. 그러나 그는 그 물을 뱉어내면 어머님이 불편해하실 것이고 그럼 다음에 또 씻겨드리지 못하게 할까 봐 그랬다는 답으로 어머님 말을 막았다고 한다. 시어머니 마음을 읽고 사는 사려 깊은 지인과 시아버지를 지극히 모신 언니의 생각을 내 마음에 담아두는 것은 나도 큰며느리라는 이유 때문이다. 시부모님 연세가 들면 어떤 일이 일어날지 모른다. 행여 내게도 대소변을 받아 낼 일이 생기면 이런 말들을 떠올리다 보면 불평하지 않고 편안한 마음으로 모실 수 있지 않을까 싶어서다.

고모부는 단지 내에서 어린아이들 방과 후 수업도 하였다. 학교 성적이 우선이 아니라 도덕과 윤리가 기본 바탕이 되어야 한다는 것을 가르쳤다. 나는 그런 고모부가 존경스러웠다. 고모부 생전에 받은 소중한 작품들을 내 귀중품 보관함에 넣어두고 고모부 흔적들을 하나하나 꺼내 볼 참이다. 주부들 수업하며 적어둔 교재 일부와 경로효친을 강조하며 보내온 고모부 마음을 잊지 않을 것이다.

이제는 고모부의 마지막 작품 '경로효친'을 갖고 인사동에 가봐야겠다. 마지막 작품인 만큼 멋지게 표구하여 내 서재에 걸어 둘 참이다. 어른을 존경하고 이웃을 사랑하며 살아가라는 고모부의 깊은 뜻을 되새기며….

손주의 첫 나들이

작은아들 부부가 손주와 같이 여행을 가자고 한다. 손주의 첫 나들이인 만큼 신경 쓰다 보니 의미를 두고 싶었다.

가을 하면 빨간 당풍 잎도 좋지만 노란 은행잎이 먼저 떠오른다. 현충사 입구에도 노란 물결이 일렁이겠지만 홍천에 있는 은행나무숲이 개방되었다는 소식에 그곳으로 가기로 했다.

은행잎은 형형색색 요란하지도 않으면서 화사하다. 여성이 절개를 지키는 것처럼 노란색으로만 물들어 가는 게 마음에 든다. 천년 세월이 흘러도 제자리를 지키고 있는 은행나무를 본다. 그렇게 고목이 되어 여러 곳을 지키는 은행나무들이 많지만 기억에 남는 것은 고불 맹사성 고택에 있는 은행나무다. 은행나무는 주로 향교나 서원 앞에 싶어져 있어 유교의 성지를 지키는 역할도 한다. 그러나 충청남도지정 유형문화재 43호로 지정

된 맹사성 고택 앞에 있는 세 그루의 은행나무는 삼 형제처럼 예쁘게 자라서 고택이자 유교의 성지로, 가을 여행지로 발길을 이끌게 한다.

몇 해 전 그곳으로 문학기행을 갔다. 문학회 시인 선생님은 은행나무에 관한 이야기를 들려주며 고불 선생의 향기를 맡아 보라고 한다. 돌아오는 길에는 그 나무에서 수확한 은행을 사주었다. 맹사성 고택에서 자랐으니 타 은행과 다른 점이 있을 것 같다며 같이 느껴보자고 했다.

이처럼 의미는 각자의 생각하기 나름이다. 내가 손주를 데리고 첫 나들이로 홍천에 있는 은행나무 숲을 가게 된 것은 장수를 의미하기도 하지만 어느 노부부의 사랑이 가득 담겨있기 때문이다. 건강하게 무럭무럭 자라서 많은 사랑을 받고 나누며 지혜롭게 살아가기를 바라는 의미다. 노란 이파리의 아름다움과 십 개월 된 손주와 좋은 인연을 만들어 준다면 이 또한 깊은 의미가 되지 않을까.

은행잎이 우수수 떨어지는 장면을 보니 손주가 아장아장 걸어오는 것처럼 예쁘다. 은행알은 혈액순환을 원활하게 도와주고 가래와 기침에도 효과가 있을뿐더러 오줌 싸게 아이에게도 효과가 있다고 한다. 이파리는 이파리대로 나무는 나무대로 알맹이는 알맹이대로 뿌리는 뿌리대로 버릴 게 하나 없는 게 은행나무다. 또 그 아름다운 숲길의 의미는 아내를 사랑하는 마음이 가득 담겨있다.

은행나무숲을 가꾼 노부부는 만성 소화불량으로 시달리는 아내를 위해 홍천으로 내려와 은행나무를 심기 시작했다고 한다. 은행나무가 아내 건강에 좋다고 하여 한 해 두 해 심어 놓은 게 군락을 이룬 것이다. 산 중턱 약 4만㎡의 너른 땅에 5m 간격으로 쭉쭉 뻗은 은행나무가 장병처럼 일렬로 나란히 서 있다. 아내를 사랑하는 할아버지의 애틋한 사랑이 담긴 숲길이다.

솔솔 불어오는 바람 소리는 노부부가 사랑을 속삭이는 소리처럼 들려오고, 숲길 끄트머리에 맑게 흐르는 물소리는 할머니를 위한 노랫소리로 들려온다. 아름드리나무들이 서로서로 손을 잡고 율동을 하듯 흔들거린다. 산 중턱 사방에서 노란색 물결이 일렁이며 사람들의 마음을 조용히 흔들어놓는다. 은은한 사랑이 산속을 온통 노란색으로 물들이고 있다.

30여 년을 가꾸어 놓은 은행나무 숲길을 한 번도 개방하지 않았지만, 2010년 입소문에 의해 알려지면서 시월 한 달 동안 개방을 한다고 한다. 이 숲길은 기온이 낮아 다른 지역보다 단풍이 일찍 든다고 하는데 10월 말에 갔어도 푸른색이 더 눈에 띄었다. 노란 물결이 기대한 만큼의 황홀하지 않았어도 손주와의 첫 여행을 의미 있는 곳에서 보냈다는 게 행복했다.

오대산 자락은 광물을 품은 광천수인 삼봉약수의 효험을 듣고 아내의 쾌유를 비는 마음으로 내려와 광활한 대지에 은행나무 묘목을 한그루 한그루씩 심으며 아내의 건강만을 기도했을 남편이다. 부부의 사랑이 끔찍하게 담겨있는 은행나무 숲길에서 저 올곧게 자라는 나무들처럼 우리 손주도 건강하고 사랑 가득한 아이가 되었으면 싶다. 은행이 버릴 게 하나 없는 것처럼 손주가 성장하는 과정에서 꼭 있어야 할 자리에 소금 같은 아이가 되었으면 하는 바람이다. 누구에게나 사랑받은 아이가 되었으면 좋겠다는 마음이다.

손주가 태어난 지 10개월째 될 때 이곳을 찾았다. 방긋 웃는 손주의 입가에는 노란 아름다움과 행복이 가득 담아져 있다. 새 아기 품에 안기어 이곳저곳 바라보는 눈길에 총명함이 묻어있다. 은행나무의 신선한 기를 받아서 건강하게 올곧게 자라기를 빈다. 예쁘고 귀여운 손주의 첫 나들이가 긴 시간 힘들게 찾아 온 만큼 소중한 시간이 되었으면 싶다.

산본에서 왕복 6시간 정도 오고 가면서 불편했을 텐데 보채지 않고 잘 놀아주었다. 차 안에서 안아주지도 못하고, 오로지 의자에 눕혀 안전벨트를 맨 채로 답답하였으련만 참을성도 많은 아이다. 은행나무가 우리에게 좋은 효능만 주듯이 한 가정에 첫 행복을 안겨준 손주는 우리 집 귀한 선물이요 보물이다.

은행나무 단풍이 절정에 이를 때에 왔으면 더 좋았을지도 모른다. 노란 나뭇잎이 우수수 떨어지는 장면을 보면서 시각적 느끼는 낭만을 더 즐겼을 테니까. 온 바닥이 노랗게 물들어 있는 폭신폭신한 은행잎 카펫을 밟는 기분을 더 느꼈을 테니까. 그러나 파란 은행잎이 사르르 떨어져도 '우와' 하고 탄성이 새어 나왔다. 바닥에 떨어진 은행잎을 한 움큼 쥐어 하늘로 날려도 보고,

떨어지는 은행잎을 손에 받으며 깔깔거렸다. 마치 나무와 나무 사이 부딪치는 소리처럼 들려온다. 삼삼오오 나뭇잎 위에 뒹굴어가면서 따스한 가을의 햇살을 잡고 있다. 푸른 자연의 공기를 마시고 음미하며 여유를 즐긴다.

작은아들 부부가 예쁜 가정을 이루고 있다. 노란 은행잎처럼 서로 보듬어 가면서 노랑으로 물들이고 있다. 행복도 사랑도 변하지 않을 평화의 상징 노란색으로. 천년의 세월이 흘러도 흔들림 없이 살아갈 것이다. 세찬 바람에 불어도 가지가 꺾이지 안 듯 긴 세월에도 평화롭기를 바란다. 손주와의 첫 나들이를 은행나무 숲길로 결정한 것은 이런 의미 있는 여행을 하고 싶었기 때문이다.

3부 행복한 목요일

노느니 염불한다
정년을 준비하며
자식은 손님이 아니다
빨간불
민들레
천리향
살다 보면
행복한 목요일

노느니 염불한다

110년 만에 찾아온 더위다. 주말을 맞아 남편은 산에 가고 나는 바쁜 일정으로 들어갔다.

가만히 있어도 에어컨 없이는 견디기 힘든 더위다. 오후 근무라 오전 시간을 틈타 밭으로 갔다. 40도가 웃도는 더위를 잘 이기고 있는 채소들이 대견하다. 바람 한 점 없이 축 처져 있는데도 흔들흔들 나를 반긴다. 그런데 물을 줄 시간이 없어 안타깝다. 오로지 사람 손에만 의존하고 있는 닭과 강아지 돌볼 시간밖에 없다. 인가가 없는 외딴 산 밑 농장에서 배고프고 물도 필요하기 때문이다.

농장에는 토마토, 아로니아를 비롯하여 삼채, 부추, 취나물 등 식탁에 자주 오르는 채소를 골고루 심었다. 그리고 산 밑에는 넓은 닭장이 있는데 회사 동료가 준 토종닭 다섯 마리와 친정엄마가 준 날아다니는 일명 꿩닭 두 마리, 그리고 고향 친구가 준 오골계(백봉) 세 마리, 청계 세 마리가 마음껏 놀고 있다. 그 옆에는 강아지 세 마리가 닭들을 지키며 한 가족처럼 든든히 지내고 있다. 닭들은 먹이를 준 대가를 철저히 보답하고 있다. 오늘도 어김없이 푸르스름한 청계 알을 낳았다. 내가 오기 직전에 낳았는지 온기가 남아있다.

농장에 오면 마음이 평화롭다. 마냥 머물러 있어도 좋을 듯싶은데 출근 시간이 다가와 서둘러 나왔다. 버스 하나 놓치면 30여 분 기다려야 한다. 반월저수지 둘레 길을 걸어서 버스 정류장에 왔다. 인적 드문 곳에 작은 점포가 하나 있다. 저수지에 놀러 온 사람들 입을 즐겁게 하기도 하고 버스 승객들 기다리며 자판기 커피 한 잔 마실 수 있는 곳이다.

작은 컨테이너 안에 알록알록한 꽃무늬의 개량 한복을 입은 할머니가 앉아있다. 꽃무늬 천으로 된 둥근 면 모자가 나풀나풀 날아갈 것 같다. 사극에 나오는 안방마님처럼 곱상한 할머니는 영어사전만큼 두꺼운 책을 읽고 있다. 검은 안경테가 푸근하게 느껴진다. 그 앞을 지나가던 발길을 멈칫하다가 섰다. 할머니에게 무슨 말이라도 건네고 싶었다.

"할머니, 혹시 마을버스가 몇 시에 오는지 알 수 없을까요?"

고개를 들고 빙그레 웃는 할머니 얼굴은 의상보다 더 고왔다. 읽던 책을 덮어 놓고 마을버스 두 대가 있는데 한대는 매시간 15분 정각에 도착하고. 나머지 한 대는 20분 간격으로 다니지

만 정확하지 않다고 한다. 게다가 전체 차량이 세 대인데 주말
은 더 드물게 다닌다고 한다.

　나는 15분 후에 도착할 버스를 기다리며 이야기를 하고 싶었
다. 평범한 할머니가 아니라는 걸 느꼈기 때문이다. 대화를 나
누다 보니 국전에도 나갔고, 서예 작품도 많이 쓴다고 한다. 그
연세에 작품 활동을 하고 있다는 게 존경스러워 바라보는데 수
줍은 듯한 표정으로 '노느니 염불하다 여기까지 왔어.'라고 한
다. 겸손한 말씀까지 외적으로 풍기는 것과 똑같다. 입가를 살
짝 올리며 조용히 웃는 모습에서 한 점의 멋진 인물화를 보는
듯하다.

　할머니는 그 두꺼운 책을 세 번째 읽는다고 한다. 그리고 4시
가 지나면 할아버지에게 인계하고 붓글씨를 쓰러 간단다. 말이
쉬워 '노느니 염불이지' 그게 그렇게 쉬운 일인가. 놀면서 않는
일도 수없이 많고. 노는 사람치고 더 바쁘지 않은 사람이 없는
세상이다. 밖에 나가면 노는 일들이 유혹하고 있어 백수가 과로
사한다는 말이 그냥 나온 게 아니다. 그런 것에 비하면 할머니
는 멋지게 놀고 있었다. 그러고 보니 논다는 것이 다 나쁜 것만
은 아니다.

　늙을수록 자기 일이 있어야 한다는 할머니는 할 일 없이 시
간 보내는 사람들을 보면 안쓰럽다고 한다. 다 같이 주어진 시
간에 조금만 나 자신에게 투자하면 배움의 공간도, 취미 활동도
얼마든지 할 수 있어 행복하다며 입꼬리를 살짝 올린다. 그러나

할머니 말씀대로 마음만 먹으면 무엇이든 다 할 수 있지만 그건 여유가 있는 분들의 이야기다. 배우고 싶어도 여건이 안 되는 사람이 얼마나 많은가.

백발의 노인이 파지를 가득 실은 손수레를 끌고 가는 것을 종종 본다. 언덕길을 힘들게 올라가는 걸 보면 안쓰럽다. 그분들이라고 해서 취미 활동을 하기 싫어서 못하는 것은 아닐 것이다. 하루하루 생계를 위하여 줍는 파지가 아닌가. 그분들에게는 일할 수 있는 하루 시간이 누구보다 더 소중하고 감사할 것이다.

할머니가 붓글씨를 쓰게 된 동기는 허무하게 보내는 시간이 무기력하여 무언가를 찾다가 우연히 시작한 것이라고 한다. 그때 붓글씨를 쓰지 않았다면 지금쯤 무엇을 하고 있었을지 모르겠지만 글씨를 쓰고 있는 순간이 가장 행복하다고 한다. 행복은 멀리 있지 않다. 다만 그 행복을 찾는다는 건 쉬운 일이 아니다. 가까운 곳에 늘 머물러 있는데도 그 작은 행복 하나 찾으려고 주위 사람들 마음을 아프게도 하고 슬프게도 하는 게 행복이다.

작은 공간에 갇혀 몇백 원에서 몇천 원짜리 과자를 팔며 짓고 있는 미소가 아름답다. 보름날 밤 반월호수에 비친 달님처럼. 곱게 차려입은 의상은 아침 햇살처럼 눈이 부시고, 한 권의 책 읽는 모습은 천진난만한 어린아이 표정과도 같다. 자신이 좋아하는 취미 활동을 하며 걸어가고 있는 저녁노을 같은 인생이 아닌가. 그 길목이 반월호수의 아름다운 풍경처럼 보인다. 젊은 사람들도 책 한 권 읽지 않는 요즘, 주름 자글자글한 어르신의 책 읽는 모습에 빠져 내 갈 길을 잠시 멈춰 놓았어도 아깝지 않다.

나도 어린 시절에는 붓글씨 쓰는 것을 좋아했다. 헌 신문지만 보면 붓글씨 연습하느라 시간 가는 줄 몰랐다. 붓글씨를 쓰려면 붓이 좋아야 한다. 학교 앞 문구점에서 구매한 붓은 힘이 없었다. 그래서 엄마가 서울 외삼촌 댁에 간다고 하면 족제비 털 '붓' 하나 사달라고 졸랐다. 집안 형편이 어려운 엄마의 속도 모르고. 그러나 엄마는 큰마음 먹고 비싼 돈을 주고 족제비 붓을 사 왔는데 나쁜 상인에게 속은 것이다. 털이 빠지고 힘이 없었다.

그래도 나는 그 붓을 소중히 다뤘다. 덕분에 초등학교 내내 붓글씨 대회에 나가 상도 받고 했는데 상급 학교에 진학하며 더 이상 쓰지 않았다. 이제는 문학의 길목에 들어온 이상 '노느니 염불한다'는 마음으로 아름다운 글을 신명 나게 쓰고 싶다.

정년을 준비하며

아름드리나무들 사이로 아침 햇살이 산 중턱까지 빨갛게 물들이고 있다. 조금만 더 올라가면 정상인데 수십 년을 오르내렸어도 이런 풍경을 본 것은 처음이다.

두 친구는 검정고시 학원에서 만나 애틋한 우정을 갖고 살았다. 기수에서 조교사가 되기까지 혼자의 힘으로 걸어온 길과 9급 공무원에서 노동부 과장에 이르기까지 묵묵히 걸어온 길이다.

구두 닦는 일, 신문 배달, 온갖 허드렛일을 해보지 않은 게 없다고 한다. 한번 시작한 일은 포기하지 않았고, 일에 파묻혀 공부할 시간도 없었으나 고시학원은 빠지지 않았다고 한다. 힘든 만큼 즐겁게 일했고, 혼자가 아니라는 마음 하나 가슴속에 품고 걸어온 소중한 길이라고 한다.

그렇게 걸어온 길목에 나도 끼어들고 싶었다. 그래서 자주 만나 대화를 나누고, 술자리도 가졌다. 서로에 대하여 조금씩 알게 되었을 때였다. '정년 하면 어떤 모습으로 살아갈까.'라는 주제를 갖고 대화를 나누었다. 그 날 술자리가 화기애애하게 이어졌다. 주고받는 술잔보다 입에서 나오는 언어들이 술맛보다 더 맛있었다.

두 친구는 평범해 보이지만 야무진 꿈을 갖고 있다. 공직에 있던 친구가 정년 뒤 일자리를 위하여 노무사 공부를 한다며 대학원에 진학했다. 그리고 1년이 지난 뒤 나머지 한 친구도 한국체대 대학원에 들어갔다. 두 친구의 학업에 대한 열정은 한여름 햇살보다 더 뜨거웠다. 자신 있게 살아가는 모습도, 공부하고 싶다고 앞뒤 따지지 않고 결정하는 것도 멋졌다.

철학자 칸트는 행복의 세 가지 조건에 대해 말했다. 첫째, 할 일을 가지며, 둘째, 사랑할 사람이 있고, 셋째, 희망을 품고 있다면 그 사람은 지금 행복한 것이라고. 그러고 보니 두 친구는 이런 조건을 다 갖추었다. 제 자리에서 열심히 일하고 있고 사람을 좋아하니 주변에 친구가 많고 정년 뒤 장관이 되겠다는 야무진 꿈을 갖고 공부를 하고 있으니 이보다 더 행복한 일이 어디 있을까. 남이 나를 행복하게 만들어 주길 바라지 않고 스스로 자신의 행복을 만들어 주변 사람들에게도 행복 바이러스를 전염병처럼 퍼트리는 친구들이다.

인덕원은 예나 지금이나 우리의 유일한 행복 바이러스 공간이다. 각자의 집에서 중간 지점이기도 하지만 교통이 편리하고 먹을거리도 많다. 높은 빌딩이 아닌 낮은 건물들이 나열되어 있어 고향 같은 거리다. 우리는 서로 가는 길이 바쁘다 보니 시간 여유는 없지만 잊을만하면 만나서 술자리를 만들며 행복을 보태 갔다.

술자리를 즐기지 않았는데 이 친구들을 만나 술을 배웠다. 서로 다른 길을 걸어온 이야기를 나누다 보면 시간 가는 줄 모른다. 밤이 깊어가도 흩어진 모습 보이지 않고 말 한마디도 헛되게 하지 않는다. 그렇게 놀다가 돌아설 때면 무엇이든 도전해야 한다는 여운을 남겨 준 친구들이다. 단순히 만나서 웃고 대화로 끝나는 게 아니다. 짧은 시간이든 긴 시간이든 가슴에 와 닿는 그 무엇이 두 친구와의 우정을 이엉처럼 엮어 놓았다.

사람과 사람이 만난다는 게 가려서 만나는 건 아니다. 그러나 자리가 올라갈수록 더 높은 지위의 사람을 만나게 되어 평범한 사람과 덜 만나게 될 뿐이다. 어찌 보면 그런 행동이 거만하다고 생각할 수도 있겠지만 당연한 일이었다는 걸 두 친구를 보며 알게 되었다.

아침 햇살이 유독 밝게 떠오르는 날이 있다. 그날도 산꼭대기까지 붉은 물감을 엎어 놓은 듯 그 주변을 황홀하게 덮어 버렸다. 그 아름다움을 감상하고 있는데 정상에서 멀어질수록 강한 햇살에 눈이 부셔 바라볼 수가 없었다. 내 자리는 그대로인데 친구들 자리가 저 햇살처럼 높아진 게 아닌가 하는 생각이 들었다. 나와 더 점점 멀어져가는 기분이다. 동등한 자리에 있을 때는 자주 만났는데 승승장구를 하다 보니 만나는 날이 줄어들었다.

경마장이란 곳에 대하여 아는 건 없다. 다만 기수에서 조교사라는 자리에 오른다는 게 쉽지 않다는 말만 들었다. 성실하게 살아온 길이다. 자신과 긴 싸움이 그 자리를 만들어 준 것이다. 이제는 그 자리에서도 최고의 자리를 놓고 경주 말처럼 뛰어다닌다. 협회 회장이라는 위엄 있는 자리에 도전하는 야무진 꿈을 가진 친구다.

새봄이 되면 얼어붙은 땅에서 푸른 새순이 나온다. 누가 심고 가꾸지 않아도 새싹이 돋아나는 것을 보면 땅속 깊숙이 숨어있는 뿌리의 힘이 대단하다. 수없이 밟히고 밟힌 줄기가, 강추위에 누렇게 말라버린 이파리가 한 줄기 새순을 틔울 때, 그 아픔을 헛되이 하지 않았기 때문일 것이다. 언제든지 그 아픔을 딛고 일어설 준비가 되어있기 때문이다. 여린 풀잎이 새로운 생명을 만들어 우리들의 마음을 기쁘게 하듯이 우리가 살아가는 길목도 한 줄기 식물의 새순처럼 살아가는 길이 있다.

몇 해 전에는 공직에 있던 친구가 발령받아 간 사무실로 오라고 했다. 사무실 책상 위에는 이십여 권의 책이 놓여있었다. 연말 선물로 직원들에게 줄 것이라고 했다. 순간 가슴이 찡해왔다. 이 지청으로 발령받아 첫 번째 맞는 연말이다. 같이 근무하면서 직원들 생각을 읽었고, 각자의 취향에 맞게 한 권 한 권 책을 고르며 어떤 생각을 하였을까. 직원들 행동을 살폈을 것이고 마음을 읽으며 스쳐 가는 일들이 다양했을 것이다. 단돈 만 원의 가치가 직원들 마음에 얼마만큼 와닿을까 싶지만 상사의 따뜻한 마음을 읽을 수 있는 최고의 기회가 아닌가 싶다.

우리가 만나서 정이 든 것도 이런 따뜻한 마음 때문이었는지 모른다. 각자 자라온 환경이 부유하지 않았고 소박한 생활이었다. 독학으로 공부하여 성공한 두 친구가 지난날의 힘든 과정을 극복했고 나 또한 시골에서 어렵게 살았다. 그러나 이제는 붉은 태양이 온 나라를 따뜻하게 비취는 것처럼 정년의 자리를 놓고 각자의 자리에서 열심히 살아가고 있다.

그날 우리는 노동부 장관, 체육부장관, 문화부장관이라는 꿈을 갖고 이야기를 나누었다. 정년을 준비하며 이런 소박한 꿈을 갖고 산다는 게 행복한 일 아닌가. 붉게 비취는 첫 새벽의 햇살처럼 말이다. 자리만 그럴듯하면서 그렇지 않은 사람이 있는 반면에 눈이 부셔 바라볼 수 없는 사람도 있다. 그러나 우리는 그 어떤 자리를 떠나서 따뜻한 마음으로 살아가기로 했다. 그리고 그 우정 또한 붉게, 길게 펼쳐가자고 했다.

자식은 손님이 아니다

    기차 여행을 좋아하다 보니 시간이 나면 친정에 자주 간다. 엄마가 반겨주고 친구들이 있기 때문이다. 여름 휴가철을 지나 내려갔는데 밭 주변에 잡풀이 무성하다. 엄마 힘으로 뽑기가 어려울 듯 싶어 아침 해가 뜨기 전 밭으로 갔다. 잠시 땀을 흘렸을 뿐인데 깨끗해진 모습을 보니 마음이 상큼하다.

    엄마는 돌아오는 길에 사위가 좋아하는 옥수수를 한 가방 챙겨 준다. 판교역에서 출발한 기차가 수원역에 도착하고 나는 집으로 돌아오기 위해 전동차를 탔다. 기차 안에서는 짐을 맡겨놨으니 가방의 무거움을 몰랐다. 빨리 집에 가서 남편이 좋아하는 옥수수를 삶아 줘야지 하는 마음이었다.

    그러나 그 기쁨도 잠시 평촌역에서 내려 집에 오는데 십 분 거리가 멀기만 하고 무거운 짐 보따리는 힘든 존재였다. 나는 법원 건물을 지나 숲이 우거진 아파트 사이에 있는 의자에 앉았다. 더위도 식히고 무거운 짐을 내려놓고 쉬었다 가려는 참이다. 나무들 사이로 보이는 핑크빛 하늘을 본다. 간간이 날아다니는 새들의 울음소리와 함께 살랑살랑 흔들리는 나뭇잎이 한 폭의 병풍처럼 펼쳐져 있다. 붉은 노을이 엄마를 그리게 하는 시간이다.

이 거리를 수시로 다닌다. 전철역을 가고 친구를 만나러 가고 얼마 전에는 이 좋은 숲길에서 가슴 먹먹했던 때도 있었다. 난생처음 받아본 소장, 지은 죄도 없는데 가슴이 쿵쾅거리고 숨이 막힐 듯 답답했다. 민사소송을 한다는 게 이런 거구나 하며 긴 시간과 싸울 준비에 마음을 가다듬었다.

사건은 과천 정보지식타운 토지 분양권 문제였다. 시아버님으로부터 물려받은 과천에 있는 땅이 수용당하고, 보상을 받은 돈으로 나름대로 부동산에 손을 댔다. 땅도 사고 상가도 사고 아이들 집도 사고 그러니 집 지을 돈이 부족할 것 같아 프리미엄 붙여 팔기로 했다. 그런 문제로 상담하기 위해 K 사무실에 갔다. 그곳을 관리하는 총무와 몇 가지를 의논하였다. 총무는 사려는 자가 나타나면 연락을 줄 터이니 계좌번호를 넣어 달라고 했다. 그리고 이틀이 지난 뒤 문자가 왔다.

나는 별생각 없이 남편의 계좌번호를 넣어 줬는데 곧바로 오천만 원이 입금되었다. 그러나 아무리 생각해봐도 그 대토를 포기한다는 것이 평생 후회될 것 같아 사무실로 찾아가 없었던 일로 해달라고 했다. 그런데 잘 알지도 못하는 낯선 남자가 위약금을 요구한다. 나는 그가 누구인지도 모르고 계약서를 쓴 것도 아니고 통장에 돈을 넣은 사람조차 모른다. 내가 아는 것은 총무란 여인뿐이다. 그래서 여기저기 부동산과 법무사 사무실에 가서 사건 내용을 상담한 결과 계약 단계라는 것이다. 그쪽에서는 계약을 취소할 경우 오천만 원에 위약금까지 일억 원을 달라고 했다. 나는 그게 억울해서 변호사를 선임했고 민사소송에 들어간 것이다.

사건을 맡은 변호사는 초 중학교를 같이 다닌 고향 친구였다. 그래서 편안했고 사건 내용을 자세히 설명해주었다. 몇 차례의 재판 끝에 위약금 없이 법정이자만 주는 것으로 판결을 받았다. 그 기간까지 가슴 조이며 다니던 이 길에 앉아 마음의 휴식을 취하고 있으니 웃음이 피식 나왔다.

문득 사건을 맡았던 친구가 생각나서 전화를 걸었다. 반가운 목소리가 들려온다. 아직 퇴근 전이라 사무실에 있다고 한다. 친구와 대화를 하다 보면 특징적인 단어를 얻는다. 자신의 삶을 돌아보며 막차를 타러 가는 느낌이라던가. 길을 걸어갈 때는 바닥을 잘 보라던가. 무심코 나눈 대화 속에 깊은 여운이 들어있다.

그날은 고향에 갔다 오는 길이라고 했더니 시골에 계신 자신의 부모님 걱정을 한다. 그러면서 고향에 내려가면 부모님이 하기 어려운 일들을 한가지라도 해드리고 온다는 것이다. 서랍과 옷장을 정리하거나 음식을 먹은 뒤 그릇들을 깨끗이 닦아 제자리에 놓거나 농사철에는 밭에 있는 풀이라도 한 포기 뽑고 와야 마음이 편하다고 한다. 그러면서 '자식은 손님이 아니다.'라고 한다. 그 한마디에 여러 가지 생각을 하게 했다.

친구와 대화를 하다 보니 올여름 휴가 때 있었던 일이 스쳤다. 네 자매 부부가 고향집으로 내려갔다. 맛있는 저녁 식사 후 남편들은 방으로 들어가고 우리는 엄마와 같이 거실에서 나란히 누워 잤다. 엄마는 새벽이 되면 누워 있는 딸들을 하나하나 포옹을 해준다. 하나라도 해주지 않으면 서운해한다며 회갑이 지난 언니부터 막내까지 꼬옥 안아주는데 그날도 다른 날과 다름없이 하나하나 안아주며 엉덩이를 토닥거렸다. 네 명의 딸들이 행복한 미소를 짓고 있으니 엄마는 장난기가 발동하신 것 같다. 오늘은 딸이 해주는 밥을 먹어볼까 하고 넌지시 문자 모두 묵비권이다.

물론 엄마가 장난으로 하는 줄은 알고 있지만 웃고 떠들던 우리는 서로 눈치만 보고 있는데 언니가 말했다. 큰며느리인 둘째가 해주는 밥을 먹고 싶지 않니? 라고 하자 나는 큰며느리 시댁에서 힘드니까 언니가 하면 안 될까 하고 되물었다. 그 사이 두 여동생은 낄낄대며 웃고 있다. 그런 장면을 지켜본 엄마는 그것도 흐뭇한 모양이다. '에그 이놈들 엄마가 하랴.' 하며 일어서자 언니가 뒤따라 주방으로 갔다.

주방에 여럿이 들어가 봐야 할 일 없이 북적거려 나는 밭으로 갔다. 깔끔한 엄마가 힘에 부쳤는지 밭 주변에 잡풀이 자라

호랑이가 새끼 칠 정도다. 나는 어려서부터 밭일보다 아버지가 하는 논일을 좋아했다. 모내기 철에 물 가득한 논에 들어가 첨벙대고 다니며 묶어놓은 모를 나르고 심는 일은 했어도 햇볕이 쩽쨍 내리쬐는 날 밭에 가서 콩밭 매는 일은 하지 않았다. 콩밭을 매느니 동생을 업고 나가 친구들과 놀았다. 아버지는 그런 나를 나무라지 않았다.

그렇게 자식 사랑이 유별난 아버지가 돌아가시고 난 뒤, 논은 도지 주고 밭일만 한다. 고추 감자 고구마 등을 심어 수확하면 자식들에게 나누어 주는데 생강밭에 유독 풀이 많았다. 아담한 엄마 키만큼 자란 풀을 뽑으며 엄마의 얼굴을 그려본다. 잡풀이 무성했던 자리에 예쁜 생강 이파리가 방긋방긋 웃고 있으면 엄마의 얼굴도 환해지겠지, 하고 생각하니 흐뭇했다.

그랬다. 엄마는 자식이 오면 끼니때마다 따뜻한 밥을 지어주었다. 국이나 찌개도 한 번 오른 음식은 두 번 주지 않았고 여러 자식 입맛에 맞추어 아귀탕 조개탕 간장게장 된장찌개 삼겹살 등등, 골고루 차려서 마치 귀한 손님을 대하듯 했다. 그리고 서로 좋아하는 음식 잘 먹는 모습을 보며 흐뭇한 미소를 지었다. 그래서 더 엄마가 해주는 밥을 기다렸다. 자식은 손님이 아닌데도 손님처럼 말이다.

이제 고향에 내려가면 내 손으로 직접 밥을 지어 밥상을 차리고 풀이라도 한 포기 더 뽑고 오겠다는 생각을 한다.

빨간불

직진 신호를 무시한 경찰차가 횡— 하고 화살 같이 달려갔다. 그때 골목길에서 나온 승용차가 덩달아 따라간다. 분명 빨간불이라 신호 위반에 찍혔을 것이다. 그 장면을 보고 있으려니 입모양이 귀까지 올라간다.

저 운전자는 신호 위반 딱지가 나오면 무어라고 할까. 경찰차가 가서 따라갔다고 할까. 아니면 순순히 범칙금을 낼까. 그것도 아니면 그날 영상을 확인한다고 이의제기를 할까. 남의 일로 머릿속은 복잡하지만 잊고 있던 추억 하나가 꿈틀거려 행복한 미소를 짓고 있는 사이 보행 신호는 파란불로 바뀌었다.

내가 웃음이 새어 나온 것은 그 운전자 때문은 아니다. 서른 중반 쯤, 승용차 한 대에 네 명의 친구가 나들이를 갔는데 예상보다 일찍 도착하여 저녁까지 먹기로 했다. 화끈한 성격의 친구는 안양대교에서 좌회전 신호를 무시하고 운전대를 확 돌렸다. 이렇게 남과 다른 행동을 하면 괜히 우쭐할 때가 있다. 차 안이 떠들썩한 웃음소리로 꽉 차 있는데 호로라기 소리가 났다. 가슴이 철렁했다. 순간 우리의 잘못에 대하여 변명할 궁리를 찾고 있는 친구도 있었다.

부모님이 편찮다고 할까. 친구가 아프다고 할까. 아니야 그건 좀 그렇지. 적당히 둘러 될 일이 없을까. 그 사이 친구는 도로 한쪽에 차를 세웠다. 전경이 다가와서 창문 좀 내리라고 했다. 그러나 좀 전에 구상한 이야기는 어디로 사라지고 횡설수설하고 있다. 나는 잘못을 하였으니 한 번 봐 달라고 정중히 말했다. 그리고 나도 모르게 엉뚱한 말이 튀어나왔다.

"전경 아저씨 여기서 동산병원에 가려면 어디로 가야 하나요? 저희가 안양 길을 잘 몰라서 실수한 것 같아요."

그 말이 진솔해 보였는지 어리둥절한 표정으로 바라본다. 그 틈을 타서 길을 잘 몰라서 그런 거니까 한 번만 봐주면 안 되겠냐고 되물었다. 그러나 그 말은 통하지 않고 운전면허증을 달라고 했다. 운전한 친구는 몇 차례 더 봐 달라고 사정했으나 자신들도 실적이 있어야 한다며 거절했다. 우리는 한참 동안 그 자리에서 버티고 있었다. 그때 서야 신호 위반은 과태료와 벌점이 부가되니 금액이 제일 낮은 것으로 써준다고 한다. 그러면서 담배꽁초 버린 범칙금으로 만 원짜리 영수증 하나를 건네주었다. 그것이라도 감지덕지한 일이다.

친절한 전경은 우리가 갈 길을 자세히 안내해 주었다. 하지만 우리는 그 반대 길로 가야하기 때문에 뒤도 돌아보지 않고 슝 — 하고 달렸다. 꽁꽁 얼어 있던 마음이 살얼음 녹듯 시원했다. 그날 오리 백숙이 더 맛있었던 것은 좀 전에 있었던 이야기를 반찬 삼아 먹었기 때문이다.

신호를 위반하고 달려간 일은 마땅히 벌 받아야 하지만 살다 보면 간간이 가지 말아야 할 길을 달리고 있을 때가 있다. 신호를 위반하는 것처럼 생활을 위반하는 일들도 수시로 일어난다. 신호를 위반하는 일이야 바쁘다는 이유나 급한 성격 탓이겠지만 생활을 위반하는 데에는 생각의 여유가 없기 때문이다. 나 하나가 아닌 우리 모두라고 생각하면 급한 일도 서두를 일도 없다. 김수한 추기경께서 가장 좋아한 글은 '모든 이의 밥이 되겠다. 너희와 모든 이를 위하여'라고 했다고 한다. 그날 우리는 저녁밥을 든든히 먹고 나니 배도 부르고 여유가 생겼다.

그 여유롭던 우리의 생활에 코로나19는 전염병으로 번져 빨간불로 만들어 놓았다. 잘 다니던 직장을 나가지 못하게 하고, 각종 종교 생활이나 모임, 여행 등 어느 한 곳 마음대로 갈 수가 없다. 지난여름까지만 해도 질병이란 고통으로 받아들였다. 그러면서도 나태해진 생활을 자중하라는 의미가 아닌가 하는 긍정적인 생각도 했다. 나라 경기가 적신호를 보내도 나 하나쯤 하는 마음으로 해외로 과소비로 쾌락을 즐긴 생활이 얼마나 많았던가.

그러나 날이 갈수록 전염의 속도가 빨라지면서 소수의 모임마저 차단되었다. 소상공인들은 영업에 제한을 받고 한참 일을 해야 할 시간에 가게마다 불을 꺼야 하는 안타까운 일들이 이어졌다. 그들은 혼자만의 가슴앓이를 하면서도 하소연을 할 곳이 없다. 임대료와 인건비는 고스란히 사업주가 지녀야 할 빚이 되었다. 웃고 있어도 눈물이 난다는 유행가의 가사처럼 그들의 생활은 사막의 풀잎보다 더 처져 있다. 그런데도 지켜야 할 법규를 잘 지키며 생존의 힘을 놓치지 않으려고 안간힘을 쓴다.

정지선을 위반한 차량이 신호를 무시하면 범칙금으로 해결할 수 있다. 그러나 코로나19로 인한 우리의 생활 속 정지선은 범칙금으로도 해결할 수 없다. 이처럼 코로나19는 한 생명의 건강을 위협하고 전 세계의 경제를 빨간불로 만들어 놓는다. 하지만 사람과 사람들 사이에 사랑이 머물러 있는 한 우리 곁에서 사라질 날이 올 것이다.

지난해 힘들었던 마음, 훨훨 날려 보내고 새봄에는 청청한 공기 속에서 서로 웃고 웃는 날들을 맞이하고 싶다. 답답한 마스크 벗어 버리고 활짝 웃는 얼굴로 마주하고 싶다. 불빛이 환하게 켜진 가게들이 여기저기서 손님을 맞이하는 그런 날이 오기를 기대해본다.

민들레

2003년 2월 J언니는 한 통의 편지를 쓰며 하염없는 눈물을 흘렸다. 언니 남편은 형제처럼 믿었던 친구에게 사기를 당하여 공장과 집, 땅을 모두 남의 손에 내어주었다. 대궐 같은 집에서 게딱지만 한 집으로 이사를 하며 네 식구가 방 한 칸으로 들어왔을 때, 그 심정이 어떠하였을까.

언니는 하루하루 숨을 쉬고 있다는 게 힘이 들어서 생을 포기할 셈으로 인천 앞바다로 갔다고 한다. 두 부부가 손을 잡고 물속으로 한 발 한 발 내딛는데 어린 두 아이의 얼굴이 아른거려 정신을 차렸단다. 칠흑 같은 바다, 철썩이는 물소리, 여기저기 반짝이는 불빛들이 어쩌면 두 아이의 울음소리와 눈빛으로 보였을지도 모른다. 절망 뒤에는 이란성 쌍둥이처럼 희망이란 녀석이 따라다니듯 화려한 불빛에서 삶의 희망을 찾은 것이다.

깊은 밤 그 먼 길에서 안양까지 걸어오며 많은 생각을 하였다던 언니, 지금 생각해보면 어떻게 왔는지 제정신은 아니었을 거라며 환한 미소도 지어본다.

60년대 보릿고개 때나 겪었던 끼니 걱정. 쌀이 없어 국수로 끼니를 해결하였다면 지금 아이들은 라면이라도 사서 먹지라는 말을 하지만 부도라는 게 하루아침에 온 가족을 힘들게 하는 건 예나 지금이나 마찬가지다. 남편은 술로 나날을 보낼 때, 언니는 꽃피는 봄날 꽃 한 송이 눈에 들어오기는커녕 주위 사람들과의 소통을 끊었다고 한다. 오죽하면 현관 밖을 나서는 것조차 마음이 허락하지 않아 커튼을 치고 6개월을 집안에서만 지냈을까. 푸른 하늘도 불어오는 바람도 창가에 비치는 햇살도 다 사치로 여겼다고 한다.

당시 대학교 4학년인 딸과 아무것도 모르는 고2 아들에게 힘든 모습을 보여야 했기에 지금도 그 일만 떠올리면 가슴 저미고 미안함이 앞선다고 한다. 그러나 슬픈 일은 겹친데 덮친다고 그 와중에 남편은 심장 승보 판막이 끊어져 입원을 하였다. 파리 목숨처럼 생사를 오고 갈 때 수술비가 없어 손을 놓고 있는데 어린 딸아이가 여러 장의 카드를 만들어 이리저리 돌려서 겨우 수술을 했다는 것이다. 그리고 수술한 부위가 어느 정도 회복이 될 무렵 갑상선 암 판정을 받고 나니 하늘이 무너질 것 같았지만 쥐구멍에도 해가 뜬다고 일자리를 찾은 것이다.

언니는 나와 같은 직장에서 일한다. 그리고 틈만 나면 직원들과 등산을 하며 아픈 기억을 잊고 밝게 산다. 짧은 시간에 많은 시련을 겪게 하는 하늘이 때로는 원망스러웠지만 돌아서서 보니 온 가족이 잘 견뎌준 게 고맙다고 한다.

그러나 하늘은 무심했다. 심장을 수술한 지 5개월쯤 지났을 때, 남편은 취직이 되어 지방으로 가는데 두 부부의 마음을 더 아프게 했던 건 딸아이의 눈물이란다. 회복되지 않은 몸으로 아빠를 지방으로 보낼 수가 없으니 같이 살자. 가족이 없는 곳에서 잘못되면 어떻게 할 거냐고, 돈은 벌지 않아도 좋으니 가족 곁에서 있어만 달라던 딸아이의 음성은 그 밤을 눈물로 만들었다고 한다.

그러나 사람이 산다는 것은 어떤 상황에서도 좌절하지 않으면 해결되지 않는 게 없는 모양이다. 십여 년 전, 요양이 필요한 아빠를 일선으로 보낼 수밖에 없어 통곡했던 딸아이가 이제는 집을 사준다고 한단다. 한참 멋 부릴 나이지만 외모에는 관심을 두지 않고 열심히 살아가고 있는 딸을 보면서 자랑스럽고 대견하다고 하지만 언니의 속마음은 아릴 것이다. 그 나이라면 결혼도 해야 할 시기이고 외모에 관심을 두고 다이어트나 성형 수술로 이곳저곳 가만두지 않는 나이다. 그러나 언니의 딸은 오로지 엄마를 생각하는 효심이 가득하다.

내가 언니와 가끔 차라도 한 잔 마시려 하면 자신의 카드를 건네준다. 그리고 음식을 먹을 때는 상대방이 좋아하는 것으로 맘껏 시키되 결재는 엄마가 꼭 해야 한다는 말은 남기고 간다.

그런 딸이 있기에 언니가 이만큼 버텨온 게 아닌가 하는 생각도 해본다. 언니가 지금의 자리에 설 수 있었던 것은 당시의 아픔을 가슴에 담아두지 않고 살아온 것이리라. 이제는 가진 게 없으니 누구에게도 빚보증설 일이 없어 마음 편하게 산다는 언니, 그 표정 속에서 밝은 마음을 본다.

숨 쉴 틈이라고는 하나도 없을 듯한 아스팔트 바닥 틈에서 자라는 한 포기의 민들레처럼 살아온 삶이 아닌가. 민들레는 수없이 밟히고 짓눌려도 바늘구멍만 한 틈만 있으면 살아난다. 그 가냘픈 이파리가 비집고 나타나서 봄 꽃샘추위에 아랑곳하지 않고 당당하게 버텨낸다. 그리고 새봄이 되면 가장 먼저 꽃을 피워 낸다. 민들레의 그 쓴맛이 우리 몸에 보약이 되고 입맛을 돌게 한다. 한 뿌리만 있어도 그 주변 여기저기 번져가는 민들레. 이제는 언니의 삶도 민들레처럼 번창하고 있다. 비록 한때 힘들고 지친 날들이 있었어도 그 악몽의 시간이 노란 민들레꽃의 방실대는 모습처럼 그렇게 피어난다.

언니는 요즘 딸아이와 함께 수원으로 집을 보러 다닌다. 얼굴에 핀 웃음꽃이 민들레꽃 못지않게 순수하고 맑게 보인다. 한 걸음 한 걸음 움직이는 게 마치 한 알의 민들레 씨앗이 여기저기 흩날려 날아가듯 가뿐히 움직인다. 머지않아 한 가족이 넉넉하게 함께 살아갈 보금자리 찾느라 바쁘게 움직이고 있는 게 보기 좋다. 푸른 잎 나풀거리는 민들레의 이파리처럼 그렇게 살아가는 언니의 생활에서 나는 군락을 이룬 민들레를 보는 것 같다.

언니가 쓴 한 통의 편지를 읽는 동안 내 마음이 짠하였다. 하지만 그 당당함에 찬사를 보낸다. 억지로 잡을 수 없는 작은 행복이란 놈에게 삶을 저당 잡힌 듯한 세월이 아닌가. 그 많은 일들 겪으면서 마음은 또 얼마나 다쳤을까. 봄 햇살이 거실에 들어오는 것조차 막고 싶어서 커튼을 치고 살아온 시간이 아닌가. 그런데도 그때 그 친구를 용서하고 다시 일어선 꼿꼿함은 결코 아이들 때문이었다. 사극에 나오는 안방마님 같은 언니가 그런 고생을 했다면 누가 믿을까. 고생이라고는 하나도 하지 않았을 것 같은 언니의 모습에서 나는 오히려 평온함을 느꼈는데 이런 고통이 숨어있었다는 게 믿어지지 않는다.

용서라는 게 쉬운 건 아니지만 용서를 하고 나면 마음이 편해지는 건 진리이다.

천리향

    은빛 물결 잔잔하게 흐르는 매력에 빠져 섬진강을 자주 찾았다. 봄이 되면 제일 먼저 떠나고 싶은 곳, 그해 나는 회사 동료와 둘이 전주로 떠났다.

    전주에는 고향 친구가 살고 있는데 직업이 고수인 만큼 흥도 있고 전국을 누비고 다니다 보니 누구를 만나더라도 낯설지 않게 대한다. 친구의 차 안에는 음료와 여러 종류의 과자가 큰 봉지에 가득 들어있다. 여행도 식후경이라며 온종일 먹고 다닐 양식이라고 했다. 전주에서 하동으로 가는 한 시간이 심심하지 않았다. 친구의 구수한 말투와 먹는 즐거움은 바깥 풍경 못지않게 흥겹다. 가는 길에 멋진 풍경을 만나면 차에서 내려 지역에 대한 설명도 들려주고 사진도 찍어주며 아름다운 추억을 남겨주었다.

섬진강 주변에 벚꽃은 피지 않았다. 아가들이 방긋거리듯 매화꽃이 고물고물 피기 시작하였다. 벚꽃과 매화꽃이 어우러진 섬진강 봄 풍경은 하얀 눈꽃 못지않다. 그러나 우리가 좀 일찍 온 탓에 꽃보다 풍경을 느끼는 여행이 되었다. 봄기운이 살랑살랑 느껴지는 섬진강 물은 여전히 포물선을 연상하듯 흐르고 있다. 한 번 준 마음 변하지 않는 사람처럼 그 모습 그대로 그렇게 손을 잡은 듯이 둥근 원을 그려가고 있다. 아지랑이 피어오르는 햇살 받으며 반짝반짝 빛나는 섬진강 주변을 따라 달리는 차 안에서 봄꽃보다 더 화사한 이야기꽃이 피었다.

이 거리를 사월에 오면 핑크빛 매화꽃이 한창 물들었던 곳이다. 그리고 노란 산수유 꽃물이 산등성이마다 병아리 떼 몰려다니듯 군데군데 모여 있다. 마치 유명한 작가의 유화 전시회를 무료로 감상하는 것 같아 기분 좋은 곳이다. 그리고 강 주변으로 하얀 벚꽃이 이어지는 그 화사한 꽃물결 따라 달리다 보면 천국으로 가는 길목이 저럴까 싶을 만큼 환상적이다. 그게 섬진강을 찾게 하는 첫 번째 매력이다. 아기자기한 꽃망울들이 화려하지도, 향기롭지도 않은 채 끝없이 이어지는 섬진강. 그 진한 향수에 취해 매력을 느끼는지도 모른다.

이처럼 아름다운 풍경 속에는 먹을거리가 빠지지 않는다. 섬진강, 하면 재첩국과 은어 튀김을 빼놓을 수 없다. 1급수에서만 자란다는 은어는 이곳에 오지 않으면 쉽게 먹어보기 힘들다. 봄에 내려가면 은어 반, 물 반이라고 했다. 그러나 나는 섬진강을 자주 찾아왔어도 그런 풍경을 감상하지 못했다. 대신에 은어를 먹는 즐거움은 꼭 느끼고 간다. 그날도 우리는 은어 튀김과 은어 회를 먹었다. 튀김은 몇 차려 먹었어도 회를 먹은 것은 처음이다. 색다른 맛이다. 도톰하게 자른 은어를 입안에 넣었다. 살살 씹을수록 향긋한 수박 냄새가 풍기는 것 같으면서 부드럽다. 은어 회를 맛있게 먹고 화개장터로 들어가 이것저것 구경하였다. 친구는 먼 길 온 기념으로 천리향 나무를 하나씩 사주었다.

집으로 돌아온 나는 베란다에 심어 놓고 잘 보살폈다. 천리향 나무는 잘 자라서 꽃을 피웠다. 창문만 열면 은은한 향기가 콧속으로 들어와 내 마음을 평화롭게 한다. 베란다에서 봄을 알리는 첫 번째 꽃소식이다. 가지마다 꽃이 피고 진자리에는 웃자라서 깜짝 놀라게 하더니 이제는 제법 제모습을 갖추고 있다.

지난여름에는 긴 가지마다 잘라 여기저기 꽃아 놓았다. 몇 개의 천리향 나무가 화단 가득 채워져 자신의 몸매를 맘껏 드러내고 있다. 그리고 나뭇가지 끄트머리마다 연분홍빛 액세서리가 화사하게 매달린 듯한 꽃을 피웠다. 베란다 가득 천연의 향수를 뿌려놓은 듯 평화를 준다.

경상도와 전라도를 가로지른다는 다리를 건너 화개장터에서 이것저것 구경하던 때가 엊그제 같은데 자신의 키워 줌을 감사하게 표현하고 있다. 그래서 나도 천리향 나무를 사랑하고 있다. 그런 천리향을 보면서 사랑은 나 혼자만의 것이 아니라는 것을 느낀다. 같이 있어서가 아니라 멀리 있어도 마음 하나 주고받는 게 사랑이다. 천리향 꽃향기가 천 리를 간다고 하여 천리향이라 붙여진 것처럼 사람과 사람 사이의 사랑도 천 리를 갈 수 있는 향기가 있다면 얼마나 좋을까.

두 그루의 천리향, 나는 이렇게 잘 키워 놨는데 그때 같이 받아 온 친구는 그 이듬해 시들시들 죽어간다고 하였다. 아침마다 눈 마주치면 '잘 잤지'하고 인사를 하고 이파리가 시드는 것 같으면 물을 주어 되살려준 보답인가. 같은 날 같은 장소에서 사온 두 그루의 천리향이 사람들의 삶을 의미하는 것 같아서 마음이 아팠다. 두 사람이 같은 길을 걸어가다가 한 사람은 잘 나가고 한 사람은 그렇지 못하는 것 같아서 말이다. 다 같은 삶을 살아갈 수는 없겠지만 그래도 비슷한 환경에서 비슷하게 살아가는 것도 좋은 일이련만 세상은 그렇게 호락호락하지 않다. 천리향 나무가 주인을 잘 만나서 죽지 않고 사는 것처럼 동등한 삶을 살아가는 우리도 누구를 만나느냐에 따라 살아가는 길이 달라진다.

문득 큰아이 고3 때가 생각난다. 수능시험 준비에 신경을 바짝 써야 할 시기에 일본 가수 DEEN 에게 빠져 음반을 보이는 대로 샀다. 그리고 주말이면 그의 팬클럽 아이들과 어울려 여의도로 공항으로 만나러 다녔다. 모범생으로 자라서 걱정할 일 하나 없던 큰아이였기에 황당하였다. 그래서 담임선생님과 상담을 하였더니 사람은 만들어지는 것이니까 기다려 보라고 위로해 주었다. 그 후 새벽 4시에 모닝콜을 해서 영어단어 100개씩

외우게 하였다. 선생님 말씀이라면 죽는 척이라도 하는 아들이다. 아들은 등교하여 선생님과 함께 영어단어 받아쓰기를 하면서 제자리로 돌아왔다. 아이에게 빈틈을 주지 않아야 한다는 선생님의 의도가 그대로 따라준 것이다. 비록 긴 시간은 아니어도 여름방학부터 수능 때까지 특별 관리를 해주었다.

그렇게 선생님 사랑을 듬뿍 받았다. 아들은 대학교에 들어가서 선생님에 대한 안부 전화를 수시로 했다. 그리고 스승의 날이면 해바라기꽃을 사 들고 모교에 갔다. 해바라기 꽃나무는 키가 크기 때문에 선생님 바라보듯 올려 볼 수밖에 없는 꽃이라는 이유다. 그런 아이의 마음을 보며 선생님 말씀을 잘 들어준 아이에게도 고맙고 그렇게 도와준 선생님 은혜도 감사하다. 이 또한 누구 한 사람의 의지만으로 이루어지는 건 아니다. 스승과 제자 사이에 일방적인 사랑이 없듯이 선생님과 아이의 마음이 통하였기 때문이다.

나는 가끔 큰아이를 보면서 스승과 제자와의 사랑도 천리향의 향기처럼 은은한 사랑이 오래 머무는 것이 아닌가 하는 생각을 한다. 아이의 마음과 선생님의 마음이 통하였는지 선생님 역시 해바라기꽃을 제일 좋아한다고 했다. 베란다 정면에 자리 잡은 천리향, 그 은은한 향기 속에서 스승과 제자의 사랑이 담뿍 담겨있음을 해바라기꽃을 보며 더 느낀다.

살다보면

퇴근 미팅이다. 평소와 다르게 팀장님 표정이 밝다. 어느 단
체라도 마찬가지겠지만 팀원의 하루 일정을 책임지는 팀장으로
사소한 일 하나하나가 신경 쓰이지 않을 리 없다.

내가 근무하는 곳은 별스럽지 않은 일로 민원이 발생하고, 순
간의 실수로 크고 작은 돈이 부족할 수도 남을 수도 있는 곳이
다. 그러니 팀장님도 직원들도 모두가 예민할 수밖에. 그런데
오늘 팀장님 표정이 해맑은 아이 같다. 순간 나는 명절이라 그
럴까 하는 상상을 하고 있는데 바지 주머니에서 뭔가를 꺼낸다.

"자, 오늘도 별일 없으셨지요?"

평소와 똑같은 말씀으로 마무리를 하나 싶었는데 제일 힘들
었던 게이트 직원을 불러 천 원짜리 복권 하나를 추석 선물로
주었다. 그리고 이어서 전 팀원에게 하나씩 나누어 주었다. 천

원짜리의 가치가 왜 이리도 크게 느껴지던지. 별것 아닌 것이 대단한 존재처럼 보인다.

팀장님을 처음 만났을 때 선뜻 말을 건네기가 어려웠다. 무표정에 쉽게 다가설 수 없을 만큼 차갑게 보였다. 그런데도 입가에는 늘 웃을 듯 말 듯 한 표정을 짓고 있었다. 그러면서도 쉽게 치아를 내보이지 않았다. 게다가 말도 없는 편이라서 대화하기가 쉽지 않다. 어쩌다 한마디 할 때는 국어사전을 연상할 만큼 고지식한 천생 공무원 같은 분이다.

입사해서 가장 먼저 들리는 말에 의하면 고지식한 생각으로 직원들을 대하지만 말주변이 없다 보니 미움을 산다고 했다. 직원들 불평불만이 자주 일어났다. 그래서 팀장님이 한 말을 자세히 들어보면 같은 말을 해도 상대방 기분 나쁘게 하는 묘한 표현을 자주 했다.

그러던 어느 날 식당 앞에서 마주쳤다. 인사를 했는데도 어색하여 '표정이 참 없으셔요.'라고 했다. 여전히 입가에는 웃을 듯 말 듯 하다. 내 표정이 어색했는지 '워낙 태생이 그래서요.'라고 하며 쌩긋 웃는다. 순간 당혹스러웠다. 그런데도 어딘가 모르게 편안함이 보였다. 나는 분위기를 바꾸려고 '그런데 그런 분이 정은 더 많더라고요.' 라고 했다. 팀장님은 그 말을 기다렸다는 듯이 '그렇지요. 정 하나는 누구보다도 많지요.'라고 했다. 나 또한 상대방을 잘 알기 전에는 쉽게 말을 건네지 않는다. 그러나 직장 상사라는 이유로 인사도 할 겸 한마디 건넸는데 다정함이 있었다.

그렇다. 붙임성 좋아 쉽게 정 붙이는 사람보다 서서히 든 정이 오래 가는 사람이 좋다. 사람과 사람 사이에는 백지장 차이라고 하지 않았던가. 살다 보면 대하기가 어려운 상대방을 만나는가 하면 그렇지 않은 상대방이 있다. 처음부터 나쁜 사람이 어디 있고 좋은 사람이 어디 있을까. 내가 다가서기 나름인 것을. 알고 보면 다 좋은데 여럿이 모이다 보니 크고 작은 장단점이 보이는 것을. 누군가로부터 들려오는 말 한마디에 귀 기울이다 보니 정작 그 사람에 대한 좋은 점을 찾지 못하고 지나치는 게 아닌가 싶다.

주변에는 마음 하나 비우지 못해 생기는 오해의 소지가 얼마나 많은가. 단체 생활을 하다 보면 순수하게 다가서도 색안경을 끼고 보는 게 사람들의 일상인지도 모른다. 주어진 곳에서 주어진 자리 잘 지키면 모두가 평온한 길이다. 그게 가정이든 직장이든 모임이든. 어느 곳을 가더라도 상대방을 어려워하는 데에는 나름대로 이유가 있다. 먼저 다가서지 않고 지레 겁먹는 경우와 주변에서 들려오는 소리에 귀 기울이다 보니 쉽게 다가서지 못하는 것이다. 그러나 사람과 사람 사이에 오해가 생긴들 얼마나 깊을 것이며 미움이 생긴들 얼마나 많이 있을까. 주변에는 좋은 사람이 더 많은데. 신이 우리에게 준 것 중에 가장 큰 선물은 이성이라는 것을 준 것이 아닐까.

그날, 삼 십여 명의 직원들은 천 원짜리 복권 하나에 행복을 느끼고 하루의 피로함을 소낙비에 몸 적시듯 그렇게 씻어 내렸을 것이다. 당첨된다는 보장 없는 복권 하나에 행복은 한 주간 이어질 것이다. 그 시간 속에 잔뜩 부풀어 있는 꿈 또한 일억 원의 가치 못지않게 크게 차지할 것이 아닌가. 그 꿈이 비누 거품처럼 보글거리다가 사라질지언정. 그러니 주는 사람 행복하고 받는 사람 행복하다. 그 작은 행복 하나에 주는 기쁨만이 만족한 것이 아니라 받는 기쁨도 만족하다. 그러고 보면 행복이란 단어는 강자도 약자도 없는 것 같다. 자신이 느끼는 것에서 받는 것에서 주는 것에서 각자 느끼는 것만이 행복이다.

살다 보면 각계각층의 사람들을 만나게 되는데 만나면 만날수록 행복한 사람이 있고 그렇지 않은 사람이 있다. 그건 각자 살아온 환경이나 느끼는 것이 다르기 때문일 것이다. 똑같은 환경에서도 더 많은 행복을 찾는 사람이 있을 것이고 그 반대인 사람도 있을 것이다. 팀장님처럼 표정은 없어도 그 안에 많은 정을 담고 있는 사람이 있는가 하면 표정은 밝은데 냉정한 사람이 있는 것처럼 말이다. 겉으로는 웃으면서 달콤한 말은 잘하는 사람보다 무뚝뚝한 한마디에 인정이 넘치는 사람이 좋다.

그래서일까, 나는 상대방과 말을 할 때 눈빛을 자주 본다. 그리고 한마디 한마디에 귀 기울여 듣다 보면 그 속에서 진술함을 찾아낼 때가 있다. 그가 무슨 말을 하려는지 겉으로 드러내지 않아도 읽어 낼 수 있기 때문이다. 그런 사람을 만나면 행복하다. 오랜 세월이 지나도 변하지 않는 그런 사람을 만나면 일억 원의 복권이 당첨된 것보다 더 큰 횡재를 얻은 기분이다. 그건 아무나 할 수 없는 일이기도 하지만 그런 사람을 만난다는 게 흔한 일이 아니기 때문이다.

행복한 목요일

봄이 되면 여행 가고 싶다. 계획된 여행이 아닌 무작정 떠나는 여행을.

이른 봄, 내 고향 서천에 가면 산벚꽃 축제도 하고 주꾸미 축제도 한다. 5월로 넘어가는 달력을 바라본다. 고향에 있는 친구는 언제든지 내려오면 시간 낼 수 있다고 했는데 무작정 내려가도 괜찮을까. 막상 여행할 날을 잡으려고 하니 친구의 일정을 몰라서 망설여진다. 그러나 마음먹은 일이라 전화를 했다. 반갑게 받아주는 친구는 이유도 묻지 않고 내려오라고 한다.

목요일로 여행 날을 잡았다. 그러고 보니 이어서 토요일은 동창들 모임이다. 그것도 비슷한 장소에서. 그러니 가야 하나 말아야 하나 고민이다. 기차표도 예매하지 않고 무작정 떠날 셈이라 더 그랬다. 날이 저물어온다. 그런데도 결론을 내리지 못하

고 전전긍긍하다 벽시계와 마주쳤다. 밤 아홉 시, 오늘따라 초
바늘 소리가 크게 들려온다. 더 늦기 전에 어떤 결론을 내려야
할 것 같아 전화기를 바라본다. 고향에서 기다리는 친구를 생각
하면 내려가야 하겠고 내 개인적인 일정을 생각하면 다음으로
미루고 싶은 심정이다. 전화기를 들고 보니 잠시 멈춰진다. 가
족이 같이 있을 시간에 잘 못 전화하면 오해할 수 있기 때문이
다. 그쪽 사정을 모르는 나는 조심스럽게 문자를 넣었다. 통화
할 수 있냐고. 그랬더니 곧바로 아름다운 멜로디가 들려온다.

"여보세요?"

"요것이, 너 알고 전화했니?"

"그게, 무슨 말이야?"

"응, 실은 나도 지금 너한테 전화를 할까 말까 망설였거든."

친구도 나도 가족과 같이 있을 시간이라 마음이 통한 모양이
다. 제아무리 순수한 친구 사이라도 성性이 다르면 전화 한 통
한다는 게 마음이 쓰인다. 나와 통화하기가 편하다는 걸 알아챈
친구의 목소리가 힘차다.

"야, 내일이 산벚꽃 축제하는 날이야. 너 알고 전화했지."

길가에 핀 벚꽃이 질 무렵 고향에서는 산벚꽃 축제를 한다.
친구는 내게 말할 틈도 주지 않고 당연히 내려올 거라는 생각
으로 산벚꽃 축제장으로 가 있는 것 같았다. 내가 문학을 하다
보니 이런 장소를 좋아한다는 걸 잘 아는 친구는 이미 내 마음
을 읽고 있었다. 내가 친구에게 전화한 목적은 이게 아니었다.

이번에는 동창 모임이나 가고 다음 기회에 갈 예정이었다. 그러나 친구의 앞선 결론에 내 사정 얘기는 하지도 못하고 전화기를 내려놓았다.

다음날, 식구들 아침 준비를 서둘러 마치고 여행할 준비를 했다. 인터넷 검색으로 기차 시간표를 알아보니 당일 여행으로 서두르지 않으면 힘들 것 같다. 출근 전 남편이 수원역까지 태워다 준다고 하여 서둘러 집을 나섰다. 출발 직전 기차에 오른 나는 조금 전까지만 해도 콩닥거리던 가슴이 평온을 되찾는다. 참 편안하고 여유로운 아침이다. 나는 가끔 이런 맛을 느끼려고 전동차를 타고 무작정 떠날 때도 있다. 아무런 목적도 없이 전동차에 오르면 여러 가지 볼거리가 생긴다. 핸드백에 책 한 권 넣고 다니다가 바깥 구경을 하는 날도, 책을 읽는 날도, 전동차 안의 사람들을 살피는 일도 재미있기 때문이다. 그런데 지금은 고향에 가서 친구도 만나고 산벚꽃 축제장도 가고 내가 먹고 싶었던 주꾸미도 먹을 게 아닌가. 이른 봄부터 주꾸미 축제 시기에 맞춰 내려오라고 하였지만 시간이 없었다. 그런데 봄인가 싶으면 겨울을 연상하리만큼 날씨 변동이 심해지자 주꾸미가 더 맛있다고 슬슬 약을 올렸다. 그게 며칠 전 일이다. 기차 안에서 그 말을 생각하니 입안에서는 군침이 돌고 마음은 이미 고향에 가 있다. 다만 기차는 제 속도로 철로 위를 달릴 뿐이다.

바깥 풍경은 가을 하늘같이 맑았다. 나뭇잎을 보면 초봄이고 청명한 하늘을 보면 가을이다. 하얀 뭉게구름이 연초록 가지 위에 걸터앉아 무어라 속삭이는지 샘이 날 정도다. 간간이 보이는 농부들 모습도 고향의 품속같이 다가온다. 책을 읽으려고 꺼냈지만 아름다운 바깥 풍경에 마음을 빼앗긴 상태에서 무슨 글자들이 들어올까. 덜컹덜컹 들려오는 기차 바퀴 소리가 오늘따라 더 정감 있게 들려온다.

기차 안의 풍경을 살펴본다. 예전에는 선반 위에 짐 보따리가 빼곡히 올려있었다. 그러나 텅텅 비어있는 게 새로운 문화에 접어들었음을 알린다. 이른 시간이라서인지 대학생들로 채워진 자리는 시험 기간 임을 말하지 않아도 알 것 같다. 내 옆자리에 앉은 학생은 조용히 프린트만 눈여겨보고 있고 그 옆자리에 앉은 두 학생은 항공학과를 다니는지 그쪽에 관한 문제를 갖고 주고받는 대화가 재미있다. 예전에 나도 저랬다. 시험 기간만 되면 친구들과 함께 문제를 제시하고 답을 말하고. 그땐 즐거움이 아닌 지겨움이라 여겼는데 지나고 보니 참 좋았던 추억이다. 그게 엊그제 같은데 내 나이 벌써 어디까지 왔는가.

앞만 보고 달려가는 기차처럼 나도 그렇게 살아왔다. 수많은 생각이 머릿속에서 춤추는 사이 잠시 후, 판교역에 도착한다는 안내방송이 나왔다. 나는 서둘러 친구에게 문자를 넣었다. 그리고 역전 안으로 나와 보니 축제장에 가 있던 친구들이 마중 나와 있었다. 친구는 내가 승용차에 오르자마자 비닐 팩에 싼 쑥개떡 두 개를 건네주었다. 온기가 남아있는 게 엄마의 손길처럼 따스하다. 내가 내려오면 배고플 것 같아 아침에 만들었다고 한다. 쫄깃하고 향기로운 그 맛, 그게 바로 고향의 맛이다. 축제장에는 지역 사람들이 북적거렸다. 축제도 축제지만 농사일을 앞둔 어르신들이 하루를 즐기는 날이라 해도 과언은 아닌 듯싶다. 직접 재배한 농작물이 등장하고 국수와 빈대떡, 막걸리가 풍부하게 준비되어 있다. 그리고 한쪽에서는 알뜰장과 축하공연장이 마련되어 있어 흥이 났다. 간만에 외출 나온 사람들로 북적거리는 게 시골 장터 같다. 나는 그곳에서 산에 핀 벚꽃 못지않게 훈훈한 고향의 맛을 듬뿍 느낀다.

축제장을 빠져나온 우리는 곧바로 선도리 어시장으로 갔다. 주꾸미와 대합은 끓여 먹고 놀래미는 회를 떠서 먹었다. 음식을 먹다 보면 같은 음식이라도 더 맛있게 느껴질 때가 있다. 누구와 먹느냐에 따른 차이도 있겠지만 시간의 차이일 수도 있다. 그러나 오늘의 맛은 고향 친구의 훈훈한 정이 섞인 자리인 만큼 전자에 머문다. 배도 부르고 시간은 촉박하고 다시 바쁘게 움직인다. 친구가 운영하는 장뇌삼밭에 가기 위함이다. 흐리산 중턱 전체가 친구의 삼밭이다. 뾰족뾰족 나온 어린 삼들이 귀엽다. 살랑살랑 몸 흔들며 인사를 하는 것 같아 유심히 바라본다. 사선 세 잎이라 했던가. 그 말은 가지가 네 개 이파리가 세 개라는 뜻이다. 가끔 오 선이 보이자 돌연변이 바라보듯 쳐다보는 친구들 모습도 어린 삼만큼이나 귀엽게 보인다. 그 해맑은 웃음 속에 묻어나는 순수함은 고향을 지키는 파수꾼만이 품어내는 표정일 것이다. 그래서 고향에 가면 마음이 편안하고 누구를 만나더라도 부모 같고 형제 같이 느껴지는 모양이다. 하루가 너무 짧았다. 해는 서산으로 기울고 나는 서울행 기차에 몸을 실었다.

빵, 하고 기적을 울리는 순간 낮에 함께한 친구에게 고마움의 문자를 넣었다. 그랬더니 오늘 부족함을 다음에 채워준다고 한다. 그래, 고마운 친구야! 오늘, 목요일 여행은 참으로 행복했어.

4부 일탈을 즐기다

회색빛 풍경

　도봉산을 오르는데 싸락싸락 싸락눈이 내린다. 열여덟 명은 가벼운 준비 운동을 마치고 회색빛 풍경으로 들어갔다. 나무젓가락을 다닥다닥 매달아 놓은 것 같은 가지들이 가볍게 손짓을 한다. 산 새소리 못지않게 조잘대는 대화가 반가운 모양이다. 눈이 내린다는 일기예보 탓인지 이른 시간이라 그런지 산행하는 사람들이 많지 않았다. 우리는 신선한 공기와 함께 일상의 이야기를 나누다 보니 부담이 없다.

　며칠 전 눈이 내리더니 골짜기 물이 졸졸졸 흐르고 있다. 군데군데 고인 물속은 유리알처럼 맑다. 한여름이라면 풍덩 들어가 물장구치며 놀고 싶을 정도다. 큰 붓으로 과감하게 그려 놓은 듯한 바위가 하나둘 선을 보였다. 오두막집보다 더 큰 바위가 계곡 언덕 위로 비스듬히 놓여 있다. 금방이라도 굴러떨어질 것 같다. 우리는 그곳에 멈춰 정면을 자세히 보았다. 칼로 금을 짝 그어 놓은 듯한 S자 모양이 삼팔선을 연상시킨다. 산 중턱에는 크고 작은 바위들이 다닥다닥 붙어있다. 서로를 보듬어 안고 있는 것 같은 너럭바위가 작은 마을을 이루고 있는 것 같다.

몇 해 전 중국 운남성에 있는 석림 갔을 때가 생각난다. 바위와 나무로 이루어진 산에는 바위의 모양이 마치 갓을 씌워 놓은 것 같았다. 흙은 찾아보기 힘들고 크고 작은 바위들은 김삿갓이 서 있는 듯 쭉쭉 늘어서 있었다. 얼핏 보기에는 사람의 손이 간 조각 작품 같았으나 자연 그대로라고 한다. 그 바위로 이루어진 산에서 일행을 놓치기라도 하면 찾아 나오기가 어려울 만큼 미로 여행을 하는 곳이다. 비슷비슷한 바위들이 높은 빌딩처럼 웅장하게 서 있으니 시골에서 서울로 갓 올라온 십 대의 마음으로 일행 틈에 끼어 움직였다. 게다가 갖가지 동물 모양들이 군데군데 있었는데 코끼리 바위는 사람들이 다니는 길목에 있어 반질반질 윤이 나 있다. 머리 부분을 만지면 장수 하고 다리 부분을 만지면 튼튼한 다리가 된다는 유래 때문이다.

도봉산 입구에서부터 내린 싸락눈이 굵어져 솜사탕 되어 춤을 춘다. 산속으로 들어갈수록 백옥 같은 설경은 태백의 눈꽃 축제를 연상하게 한다. 앙상한 나뭇가지마다 하얀 밍크 옷을 포근하게 입혀 놓았다. 산속 길목은 하얀 양탄자를 사뿐히 펼쳐 놨으니 궁궐 안으로 인솔해 들어가는 기분이다. 사뿐사뿐 따라오는 발자국들이 나란히 줄을 맞춰 내 뒤를 조심스럽게 다가온다.

망월사는 은빛 나라 왕국이다. 은은히 들려오는 풍경 소리가 발길을 멈추게 한다. 맑은 음의 산 새소리는 동요를 떠올리게 하고 법당 앞에 쌓인 눈은 김이 모락모락 나는 백설기 떡시루판 같다. 그곳에 들어가 사진을 찍는 모습은 한 폭의 수채화다. 그리고 눈 속에 파묻힌 대웅전의 모습은 액자 속에 동양화 한 점을 그대로 집어넣은 것처럼 은은하다. 간간이 불어오는 바람 소리는 선율 좋은 가야금 소리를 듣는 듯한 착각에 빠지게 한다. 그 사이사이 사진을 찍으며 웃고 떠들다 보니 어린아이 못지않은 동심으로 돌아가 있었다.

망월사는 높은 곳에 있어 산새 소리마저 염불처럼 들려온다. 신이 만든 조각공원이라고 부를 정도로 좌, 우 어느 곳 하나 놓치고 싶지 않은 풍경이다. 숲과 바위가 어우러진 산세는 병풍을 펼쳐놓은 듯하고, 어릴 적 안방 벽에 걸어 놓은 달력이 새록새록 떠오른다. 뒤뜰에는 멍석보다 더 큰 바위가 있었는데 그 틈에서 물이 똑똑 떨어졌다. 작은 우물에는 맑은 연못처럼 맑은 물이 고여 있고 바가지가 있다. 그 물을 떠서 마시고 나니 마음이 맑아진 기분이다. 사람 사는 곳 중에 명당은 임금님이 살던 궁궐터요, 궁궐터보다 더 명당은 산속의 사찰 터라더니 큰 바위 사이로 나 있는 계단을 천천히 올라가면 한 사람 드나들 정도로 좁은 해탈문이 운치 있게 나타난다. 법당을 둘러싼 돌담길을 한적한 산책로다. 사방을 둘러봐도 막힌 것 하나없이 뻥 뚫려있다.

망월사에서 포대 정상에 가는 길은 눈꽃이 화사하게 피어 있다. 소나무 가지마다 목화솜 한 뭉치씩 살짝살짝 올려놓은 것들을 흔들어서 동료나 상사에게 눈비 맞춰 놓고 내 얼굴에는 낯꽃이 피어 있다. 눈길에 철썩 주저앉아 사진을 찍다가도 군데군데 새어 나오는 웃음소리는 자연이 준 도봉산 속 풍경이다. 포대 정상에서 계속 올라가니 헬기장이 나왔다. 그곳 역시 새 발자국 하나 없이 포근한 목화솜 밭이다. 이 깊은 산속에 고요히 내린 눈이 발목을 덥힐 정도로 쌓여 있으니 장난기가 발동한다.

"사장님 여기서 눈싸움 한판 해요?"

사장님이 빙그레 웃는 사이 눈치 빠른 이사님은 솜 밭에 들어가 스틱으로 선을 긋고 있다. 눈싸움은 언제라도 즐겁다. 눈 뭉치 만들어 사장님 얼굴에 던지고 이사님 등에 던지고 동료의 옷 속에 집어넣고. 그래도 누가 무어라 할 수 없는 게 눈싸움이다. 눈이 아니고서야 어찌 감히 상사에게 싸우자고 제의하고 눈덩이를 던질까. 공격을 당해도 좋고 해도 좋은 게 눈싸움이다. 눈 뭉치를 많이 만들어 던질수록 더 맞겠지만 그래도 즐겁다.

정상에는 앞이 잘 보이지 않지만 내 눈앞에 풍경은 꿈속을 걷는 듯하다. 살다 보면 멀리 바라볼 수 없는 일들이 수없이 많다. 한 치 앞도 모른다는 속담처럼 내 앞에 주어진 일도 다 하지 못하고 산다. 그래도 내일을 위하여 걷고 또 걷는다. 오늘 정상을 향하여 힘들게 오른 것처럼. 꽁꽁 얼어붙은 바위를 거쳐 오면서 서로 손잡아주고 챙겨주는 그 아름다운 풍경처럼.

회색빛 풍경에서 나와 보니 바위의 위력이 대단했다. 조금만 헛디디면 미끄러져 다칠 수도 있는 바위, 손바닥 한 번 잘못 짚으면 낭떠러지로 떨어질 듯한 풍경, 그러나 그 누구도 포기하지 않았다. 다닥다닥 붙어있는 바위 앞에는 아름다운 마음도 붙어 있었다. 혼자가 아니라는 강한 힘이 있었다. 밧줄 하나에 각자의 정신을 매달고 회색빛 풍경 속을 걸어온 그 아름다운 풍경 말이다.

밴쿠버 시인

캐나다 여행 마지막 날, 밴쿠버로 간다고 한다. 하얀 눈이 쌓여 있는 로키산맥의 거대함을 뒤로한 장거리 여행길이다. 가도 가도 끝이 없는 거리, 넓은 들판이 지나고 첩첩산중의 산속을 버스는 오르내리고 있다. 켈거루에서 밴쿠버로 가는 긴 시간이다.

양지바른 곳에는 옹기종기 모여 있는 병아리 떼처럼 노란 단풍잎들이 우리 일행을 반긴다. 캐나다 하면 빨간 단풍 모양의 국기처럼 거리에도 빨간 단풍이 물들어 있을 줄 알았다. 그러나 우리 일정 속에는 단풍이 물들기 전이기도 하지만 그와 반대로 노란 단풍들이 산속을 은은하게 물들이고 있었다. 위엄 있고 멋진 산맥들이 이어지고 가랑비와 소낙비가 교대로 내리는 산길은 운치가 있다.

가이드는 캐나다에 대한 문화와 역사를 더 가르쳐 주고 싶은 모양이다. 어릴 적 아버지로부터 받은 교육을 틈틈이 이야기하여 웃음을 주었다. 충북에서 자란 어머니는 부잣집 딸이었고 북한이 고향인 아버지는 가난한 집 장손이었다. 그러니 그 생활력이 얼마나 강했을까. 밤이면 아버지와 공부를 하며 얻어맞은 기억밖에 없다고 한다.

그래서일까. 지식도 많고 성실하였다. 아버지는 대령으로 그 위력이 대단했다는 것이다. 숨소리 한번 제대로 쉬지 못하고 살아온 시간이었는데 그런 아버지가 팔순이 넘다 보니 기력도 없고 몸이 불편하여 집안에만 있는 게 안쓰럽다고 한다. 예전처럼 때리는 건 못하더라도 소리라도 버럭 질러봤으면 좋겠다는 그 한마디에 우리 일행들은 눈시울을 적셨다.

그날 점심은 한국인이 운영하는 비빔밥이라고 한다. 인정 많은 시인이라며 모자라는 음식에 대하여 주저하지 말고 맘껏 먹으라고 했다. 식당은 아담했다. 말이 비빔밥이지 된장국에 콩나물과 김치밖에 없다. 그런데도 밥맛은 꿀맛이다. 나는 식당 주인이 시인이라는 말을 귀담아들었기에 그의 동정을 살폈다. 가게는 아기자기하게 꾸며져 있다. 군데군데 시집도 꽂혀있고 벽에는 평화로운 그림 몇 점을 운치 있게 걸어 놨다. 입구부터 앙증맞은 화초들이 시인의 집에 와 있음을 알아차리는 건지 도란도란 모여서 예쁘게 자라고 있었다.

가이드가 점심값을 계산하는 사이 내 또래 같은 여인이 방긋

수첩이 걸어간다 *155*

웃으며 바라본다. 나는 그녀로부터 캐나다에 대하여 좀 더 알아보고 싶어서 말을 건넸다. 밴쿠버로 이민을 온 지 삼십 년이 되었는데 그동안 몇 차례나 사업 실패도 해 왔지만 꿋꿋하게 살다 보니 지금에 이르렀다고 한다. 이제는 어느 정도 기반도 잡혀 있고 글 쓰는 시간을 더 갖는다는 멋진 사장님이다. 카운터 위에는 여러 권의 시집이 진열되어 있다. 나 또한 글을 쓰는 작가로서 관심을 보였더니 시집 한 권 꺼내 주었다. '한 마리 새가 되어'라는 귀한 시집은 이번 여행에서의 가장 큰 선물이다. 여행길에서 만난 시인이 부럽고 대단했다. 어려운 환경에서 틈틈이 시를 쓰고 고향을 그리고 있는 시인이 아닌가. 어쩌면 이 작은 시집 안에는 타국에서의 힘들었던 삶이 고스란히 들어있을 것이다.

우리는 점심을 먹고 다음 여행지로 가기 위하여 버스에 올랐다. 시집을 들고 올라오자 부러운 눈빛들이다. 몇 편 읽어보니 고향을 그리는 애틋한 시어가 가슴을 울컥하게 한다. 사랑과 그리움의 단어에 따뜻함과 정이 배어있다. 그때 가이드는 캐나다와 우리나라에 대한 자신이 느끼는 생각을 비교하여 설명하였다.

캐나다는 다민족 국가로써 가는 곳곳마다 깃발을 걸어 놨다고 한다. 그만큼 나라에 대한 상징을 널리 알리기 위한 일이라는데 우리나라는 국경일에나 국기를 걸어 놓는다는 것이다. 그리고 캐나다 국민은 애국심이 강하다고 한다. 정의로움에서 정으로 바뀌는 캐나다 국민 의식을 높게 평했다. 그래서 자신 역시 캐나다에 살고 있다는 게 자부심이 있다는 것이다. 반면에 우리 대한민국은 정에서 정으로 가는 국가라는 것이다. 정의라는 단어가 없어졌다는 것이다. 자신이 잘못해 놓고도 무엇을 잘못했는지 모른다는 안타까운 일들이 현재 일어나고 있다는 것이다. 조국을 잃어버린 것 같아 안타깝다는 마지막 말문에 가슴이 시렸다. 초코파이 마음처럼 정으로 살아갔으면 좋겠다는 가이드는 어쩌면 애국자였다.

그러면서 당시 조국을 지키려고 전쟁터에 끌려간 군인들 이야기를 들려줬는데 안타까웠다. 젊은 나이에 가족과 헤어져 먼 타국에서 싸웠지만 끝내 고향으로 돌아갈 수 없는 비극적인 현실도 말해주었다. 살아생전 국가라는 땅을 꼭 한번 밟아보고 싶은 게 그 노인들의 소원이라고 한다. 사랑하는 가족의 품으로 가고 싶어도 돈이 없고 국적을 잃어 돌아갈 수가 없다고 한다. 그런 안타까운 노인들이 캐나다 곳곳에 많이 살고 있다는 것이다. 그런데도 우리 정부는 헛된 곳에 돈을 쓰며 그런 진정한 애국자들에게는 모른 척한다며 비판했다. 그런 노인들이 아니었으면 지금의 조국이 없었을 것이라고 한다. 그분들께 고향 방문을 열어 준다면 하는 마음이 가슴에 남아있다고 한다.

구도시와 신도시가 한 눈으로 확인되는 밴쿠버 시내는 한 권의 시집을 받아든 것처럼 평온하였다. 하지만 거리마다 거지들이 줄지어 있는 게 이색적이다. 가족이 다 나와서 건물 앞에 자리 잡은 거지들. 그도 하나의 직업이라는 것이 더 신기했다. 선물 받은 시집에서 김인숙 시인이 쓴 한 편의 시를 적어본다.

내 마음이 외로울 때엔
먼 곳 하늘을 바라보자
파란 하늘 끝에 서려 있는 꿈을

누군가 많이 그리울 때는
호수에 떠있는 달빛을 만나보자
물결 속에 비친 여린 눈빛

그 외에도 조국에 대한 그리움과 사랑이 가슴 뭉클하게 애잔하게 다가온다.

괜찮을 거야

　지난해 봄, 일본 후쿠오카에 있는 형무소 윤동주 추모제에 다녀왔다. 광복 70주년 기념으로 30여 명이 갔는데 가만히 서 있어도 앞으로 밀려날 정도로 바람이 세게 불었다. 식민지 시대 힘없는 우리 국민이 당한 혹독한 아픔 못지않게 강한 칼바람은 볼때기 살을 도려내듯 차가웠다. 형무소 담장 옆 공터, 작은 책상 위에는 윤동주의 유품이 초라하게 놓여 있다. 돌멩이 몇 개와 사진 그리고 몇 권의 책이 전부다.

　하얀 수선화가 유품 속에 가지런히 놓여 있다. 영특하고 젊은 그 혈기가 수선화에 어우러져 한 송이 꽃으로 피어났을 그 청춘을 보는 것 같아 마음이 아팠다. 추모제는 조용한 침묵 속에 진행되었다. 하얀 국화가 영정 사진 아래 몽울몽울 피어날 것처럼 놓여있다. 순수했던 한 시인의 모습을 보는 듯이 고고한 국화꽃. 우리가 주최 측이었으나 일본인이 사회를 보고 시 낭송은 우리 일행이 했다. 엄숙하고 침묵이 흐르는 이곳에 시인의 영혼이 와 있었을까. 그랬으면 조금이라도 위안이 될 텐데. 일제의 그 핍박 속에서 당한 억울함이 그날 파란 하늘의 맑음처럼 사라질 날이 왔으면 좋겠다. 그래서 마음 편안하게 쉬고 있었으면 하는 생각이 들었다.

후쿠오카 형무소는 주택가에 있다. 뒤편 공터는 추모제를 위해 찾아온 일본인과 한국인들이 군데군데 모여 있다. 100여 명이 채 될 듯 말 듯한 사람 속에 내가 속해 있다는 것이 가슴 울컥했다. 이곳에 온 사람들 대부분은 수년간 윤동주 추모제를 위하여 국화꽃 한 송이 들고 스스로 찾아온 발길들인 모양이다.

형무소 뒤뜰은 허허벌판에 아무것도 없다. 철조망이 높게 쳐진 4층 시멘트 건물도 허름하다. 우리 일행은 미리 준비해 간 현수막을 거무스름한 담장 벽에 묶었다. 그런데 그 행사에 온 일본 측에서 안 된다며 떼고 있었다. 잠시 잠깐 묶어 놓는 것뿐인데 그것마저 허락하지 않는다는 것은 참으로 슬픈 일이다.

우리 땅이 아니라는 게 이런 서러움인가. 이곳에 잠시 머물러 있어도 이런 아픔을 겪는데 우리 선조들은 나라를 빼앗기고 받은 설움이 어떠하였을까. 내 땅을 남이 와서 지배하고 내 나라 언어를 사용하지 못하게 하고. 그런데도 우리 선조들은 조국을 위하여 묵묵히 싸우고 온갖 지혜를 동원하여 대한민국이라는 그 이름을 되찾았다. 아까운 목숨을 빼앗기고 수많은 피를 흘리며 당한 고통이 일본 땅이든 한국 땅이든 곳곳에 고여 있다.

그러나 일본인이라고 해서 다 같은 건 아니다. 그날 행사에 온 두 분의 젊은 남성이 그 세찬 바람에도 불구하고 행사가 진행되는 내내 현수막을 그 벽면에 대고 있었다. 혹한 바람은 귀볼을 떼어갈 정도였고 사진을 찍으려고 손을 내놓으면 살을 도려낼 듯 차가운 바람에도 그들은 현수막이 날아가지 않도록 정성껏 붙잡고 있었다. 윤동주 시인에 대한 사랑이 대단한 사람이었다. 간단하게 추모제를 마치고 돌아서는 발길이 무거웠다.

영화, 동주를 보러 갔다. 1년 전 후쿠오카 형무소 담장이 아른거렸다. 양지바른 작은 공터, 살을 도려낼 듯한 강한 바람. 당시 이 형무소 안에서 벌어졌던 일들이 생생하게 그려졌다. 나라를 사랑하는 따뜻한 마음 하나 간직한 채 칼날보다 더 아픈 상처로 얼룩진 청춘들이 머문 곳이다. 막 피어날 꽃송이는 꽃잎 하나 펼쳐보지도 못하였다. 시를 사랑하는 마음으로 한 편의 시를 쓰며 고향 떠난 마음 달래가며 나라를 빼앗긴 억울함을 표현한 죄로 당한 고통이다.

우리를 안내한 교수님이 왜 그렇게 윤동주를 사랑하고 추모제에 다녀오는지 알 수 있었다. 고향에 대한 그리움이 가슴에 남아 있는 아픔도 있겠지만 애국에 대한 마음이 더 컸을 것이다. 청보라색을 유독 좋아하며 그리는 도라지꽃, 그것은 고향을 그리는 교수님의 아픔이 아닌가 싶다. 청보라색 도라지꽃은 아버지를, 하얀 도라지꽃은 어머니를 표현하지 않았을까. 그것도 아니면 청보라색은 통일을, 하얀 도라지꽃은 백의민족을 표현하는 걸까. 그리고 야트막한 산등성이는 친구들과 뛰어놀던 뒷동산에 대한 그리움이 아닐까 싶다.

70여 년 전 젊은 청년들은 빼앗긴 나라를 되찾기 위하여 독립운동을 하였다. 나라를 잃은 서러움, 우리말이 있어도 할 수 없는 아픔을 안고 형무소 안에 갇혔다. 이름 모를 주사를 맞으며 왜 맞아야 하는지, 영문도 모르고 거부하지도 못한 채, 두 팔을 꽁꽁 묶여 진 채로 그들의 손에 이끌려 다녔다. 그런 동주의 소식이 고향에 전해지자 동주의 아버지와 이모부는 후쿠오카 형무소로 면회를 갔다. 그러나 이종사촌인 몽주는 동주가 이미 하늘나라로 갔고, 자신의 몸에 난 검붉은 반점을 보여준다. 그들은 정체불명의 주사약을 맞아왔고, 어쩌면 그 주사약은 생태실험을 위한 것이라고 했다. 그런데도 몽주의 아버지는 죽어가는 아들 앞에서 약한 모습을 보이지 않았다. 참아야 한다고 어떤 일이 있어도 괜찮을 거라는 희망을 주었다.

'괜찮을 거야.' 조금만 참아야 한다. 해방될 때까지 어떤 일이 있어도 견뎌 내거라. 아버지의 이 한마디는 그 영화를 보는 내내 깊이 남아 있었다. 괜찮을 거야. 괜찮을 거야. 아들을 군대만 보내도 마음 아파서 눈물 흘리는 게 부모다. 자식이 작은 상처만 입어도 밤새 간호하고 약을 발라 주는 게 부모다. 어려운 일이 생기면 괜찮을 거라는 믿음으로 대신하는 게 우리네 생활이지만 영화에서 나오는 '괜찮을 거야'라는 그 한마디는 가슴을 먹먹하게 했다. 어떤 일이 닥치면 괜찮을 거라는 희망을 품고 살아가면서도 왜 그렇게 가슴에 와닿는 말이었을까.

살다 보면 누구나 어려운 일이 일어난다. 그때마다 괜찮을 거라는 긍정의 마음으로 위로하는데 추모제에서 내가 낭송한 윤동주의 '새로운 길'을 다시 한번 떠올려 본다.

내를 건너서 숲으로
고개를 건너서 마을로
어제도 가고 오늘도 갈
나의 길 새로운 길

민들레가 피고 까치가 날고
아가씨가 지나고 바람이 일고
나의 길은 언제나 새로운 길
오늘도… 내일도…

내를 건너서 숲으로
고개를 넘어서 마을로
　　　　　－ 윤동주 「새로운 길」 전문

그날 나는 이 짧은 한 편의 시를 낭송하며 동주의 청춘을 그려보았다. 고향에 계신 부모님은 의대를 강요했지만, 자신의 꿈은 오로지 문학의 길이었다. 한 청년이 순수하게 살아가겠다는 문학의 길, 이 길이 열려 있을 거라는 희망으로 개명을 하면서까지 학문의 길을 놓지 않았다. 그러나 그 아름다운 마음을 가진 청춘에게 새로운 길을 걸어보지도 못한 채 사라졌다.

우리 앞에는 늘 새로운 길이 기다리고 있다. 그러나 한 시인에게는 그 순수했던 마음과 조국에 대한 그리움의 '시'만 남겨져 있을 뿐이다. 그가 지나온 길은 험한 길이었지만 그 어떤 꽃길 못지않게 아름다운 꽃길로 우리 곁에 남아 있는지도 모른다. 세월이 아무리 흘러갈지라도.

다랭이마을

해변 도로를 돌다 보면 각각 특징이 있다. 진 푸른 동해안은 잔잔한 것 같으면서 하얀 파도가 부서지는 게 마치 거품을 토해내듯 싸늘함을 느낀다. 그래서인지 그 바닷가에 가면 갈기갈기 부서지는 파도가 시원스러우면서도 마음을 드세게 할 때가 있어 힘찬 아버지 모습이 떠오른다. 그러나 연푸른 물결이 잔잔한 서해는 포근한 엄마 품속과도 같은 느낌을 주어 언제 가도 편안하다.

내 고향 서천에 가려면 서해안고속도로를 타고 가다가 대천 나들목으로 나갈 때가 있다. 그리고 대천해수욕장을 거쳐 춘장대해수욕장으로 이어주는 해안 길을 달리면 짭조름한 바다 냄새가 은은하게 들어온다. 굽이굽이 산모퉁이를 돌 때마다 잔잔한 파도와 함께 만 수에 찬 바다를 쉽게 만난다.

춘장대해수욕장은 아름드리 해송들로 빽빽하다. 미끈미끈하게 잘 자란 나무들이 맞이해 주는 숲길로 들어서면 마치 미인 대회라도 하는 것처럼 자신의 멋진 자태를 맘껏 드러내고 있다. 쏴아아 쏴아아 불어오는 솔바람은 파도 소리인지 소나무의 속삭임인지 착각할 정도로 시원스럽게 다가온다. 쉬이잉 쉬이잉 들려오는 솔바람 소리에 취해 그 길은 거닐면 어떤 잡념도 다 사라진다. 그런 자연의 바람을 들이마시며 바닷가로 나가면 물 빠진 바다를 만나기도 하고 푸른 물이 넘실거리는 바다를 만나기도 한다.

물 빠진 바다에서 은빛 모래를 천천히 밟다 보면 연회장 출구에 들어선 기분이 들고 물이 가득한 바다를 보면 잘 차려 놓은 만찬회에 초대받은 양 흐뭇하다. 게다가 주변 도로는 사시사철 꽃길로 가꾸어져 있어 꿈속을 걷는 것 같다.

이른 봄이면 튀밥을 튀겨 놓은 듯한 도로가 청아한 모습으로 다가오고 한여름이면 시원스럽게 뚫린 도로변에 배롱나무꽃이 그곳을 찾는 이에게 환영식을 하려는 듯 벙긋거린다. 핑크 보라 미색이 이뤄낸 삼색 조화가 어우러진 곳에서 더위 정도는 거뜬히 물리치게 한다. 또 가을이면 코스모스와 이태리 해바라기가 한들한들 인사하는 곳이다.

이렇게 낭만을 모아둔 추억 한 자락은 서해에 있는데 부부 모임으로 남해를 가게 되었다. 말로만 듣던 남해. 설렘과 동시에 끝이 보이지 않는 바닷길은 복잡한 도시에서의 탈출을 실감

나게 했다. 야트막한 산과 잔잔한 물결이 이어지는 도로는 서해만큼이나 평온한 길이다. 바다 한가운데에 울긋불긋하게 펼쳐진 전복양식장이 군데군데 놓여있는 게 한 눈으로 봐도 먹을거리가 풍부함을 느끼게 한다. 삶의 현장이 바다라는 게 보인다.

남해를 가기 직전 아침 방송에서 다랭이마을을 소개한다. 굽이굽이 다랭이가 아흔아홉 개로 이어진 논, 그 아름다운 장면을 화면으로 보면서 얼마나 가고 싶었던가. 그런데 우리가 여행지에 가려면 그 다랭이마을을 지나간다고 한다. 아홉 부부가 두 대의 차에 나눠 타고 진주성을 거쳐 남해도로를 달리는 기분이 황홀하다. 굽이굽이 이어진 해안도로를 달리는데 시야는 바닷물이고 옆은 산길이다. 차도에서 조금만 벗어나면 바다로 떨어질 것 같다. 홍콩의 빅토리아공원 가는 길을 연상할 만큼 움찔한 곳이다.

예전 시골길이 다 그렇듯 이곳 역시 험한 산길이어서 날이 저물면 갈 수가 없었다고 한다. 물이 있는 곳인 만큼 귀신 시리즈도 끊이지 않고 들려주었다. 사실인지 전설인지 내가 경험하지 않은 일이라 믿어지지 않았지만 섬뜩하면서도 흥미롭다. 여행이란 같이 간 일행과 마음이 맞아야 하고, 그 지역에 대한 정보가 있어야 보람을 느낀다. 우리를 인도하는 일행 중에는 지리학 교수와 남해가 고향인 분이 있어서 가는 곳곳에 대한 전설이나 민화에 대하여 조목조목 들려주었다.

다랭이마을을 한마디로 표현한다면 콩가루를 켜켜이 넣어 만든 시루떡 같았다. 구상 작가가 아름답게 그린 예술품처럼 선 하나하나가 곧게 만들어져 있다. 바다 끄트머리부터 산 중턱까지 이어진 논배미가 아담하면서도 다닥다닥 붙어있는 게 정감이 간다. 구불구불 휘어진 다랭이가 어딘가 모르게 부드러움을 주었다. 일하기 편리하게 잘 가꿔놓은 반듯반듯한 칼날 같은 논배미만 보다가 산언덕 하나를 그것도 기계의 힘이 아닌 수작업을 해야 농사를 지을 수 있는 논배미를 보니 그곳 사람들 마음이 포근해 보인다. 다랭이 논에 모를 심어놓은 것은 볼 수 없었다. 우리가 갔을 때는 삼월이었기에 풋마늘과 청보리가 논바닥 전체를 푸릇푸릇 장식해 놓았다. 그리고 주변의 기와집들은 촘촘히 붙어있는데 기왓장 위에 색색의 꽃무늬가 다른 지역과 달랐다. 검은 기와에 노란 빨간 초록의 꽃무늬. 그게 무엇을 의미하는지 알 수 없어도 미관상 아름다움과 즐거움을 주었다.

다랭이마을에서 바다를 끼고 산모퉁이를 돌아가자 좀 전의 풍경과는 전혀 다른 야트막한 산 밑으로 작은 바닷가 마을이 나왔다. 금방이라도 바다로 들어갈 것 같은 동네였다. 동화책에서 나온 예쁜 섬마을을 실감 나게 보여주었다. 짭조름한 바다 냄새가 은은하게 풍기고, 마당 끄트머리가 바다로 이어진 곳에서 갓 건져온 물미역과 토시 꽃게 소라 전복 등등이 동화가 아닌 현실임을 확인시켰다. 어부들이 나누는 한마디 한마디는 잘 알아들을 수 없는 남해의 사투리가 구수하고, 이어서 저녁 밥상은 푸짐하게 나왔다.

우리가 저녁을 먹는 동안 그곳 아저씨는 쥐불 깡통을 만들어 놓았다. 보름날 밤이란 걸 잊지 않은 섬마을 아저씨의 배려였다. 달빛이 밝은 바닷가는 모래가 아닌 작은 돌멩이들이 탱글탱글 깔려있다. 한 발 한 발 걸어갈 때마다 크고 작은 돌멩이가 발바닥을 간질거리며 자글거린다. 스르륵 스르륵 밟히는 돌멩이 소리에 더 신나게 밟으며 자연 지압을 하였다. 하루의 피로가 확 풀리듯이 시원하다. 간간이 날아오는 갈매기가 바닷속 이야기를 전하기라도 하려는 듯 까르륵까르륵 목청을 높인다. 그 넓은 바닷가 모래밭에서 동심의 세계로 돌아가 본다.

서울에서 동생 친구들이 내려왔다고 만들어 준 여러 개의 쥐불 깡통이다. 우리 나이도 오십 후반인데, 머리가 하얀 그의 형님 눈에는 아직도 막내로 보이나 보다. 조용했던 남해의 보름날은 떠들썩했다. 불이 뻘건 깡통을 돌리며 끊이지 않는 웃음소리가 바닷물과 대화를 한다. 그리고 어릴 적 고향에서 돌렸던 기억을 더듬어 높이 던져도 본다. 활활 달아오른 불덩이가 사방팔방으로 날아다닌다. 우리는 다랭이 논둑처럼 걸어온 나이를 잊은 채, 쥐불놀이에 흠뻑 빠져 있었다.

덕고개 군웅제

　몇 해 전, 군포 덕고개 군웅제가 있어 취재 겸 참석을 했다. 덕고개는 군포시 대야미 전철역에서 내려 마을버스 1-2번을 타고 갈치 저수지를 지나 속달동 마을 초입에서 내리면 당숲이 있다.

　이곳이 당숲이라는 것을 알게 된 것은 군웅제 때문이다. 오래된 나무숲에는 서어나무와 참나무 단풍나무들이 제멋대로 자라서 웅장하게 서 있다. 모양도 가지가지 화려한 숲 터널을 만들고 있어 바라만 봐도 웅장함을 준다. 벚나무 무늬가 가로로 줄이 되어있다면 서어나무는 세로로 쭉쭉 갈라진 무늬가 하늘로 올라가는 듯하여 신령스러움을 준다.

　당숲을 지나 내려오면 개울가 옆으로 논과 밭이 있다. 수수 청보리 고구마 콩 호박 등 한눈에 볼 수 있다. 산기슭을 돌아

내려가면 누런 벼가 고개 숙이고 갓난아기 손톱만 한 노란 들 국화 꽃들이 몽울몽울 피어 있다. 그 앞을 지나다 보면 이름 모를 야생화들이 도란도란 피어 있다. 은은하게 풍기는 향기에 벌 떼들이 몰려와 윙윙거리게 하고 사람들의 발길을 붙잡는 곳이다. 그 옆에는 탐스럽게 익어가는 곡식들 사이사이로 허수아비가 논과 밭을 지킨다. 노을이 질 무렵 이곳을 지나다 보면 무더기로 몰려다니는 참새 떼가 짹짹거리고 수꿩의 울음소리가 메아리치는 곳이라 시간만 나면 자주 가는 곳이다.

당숲 앞을 지나며 멋진 아름드리 고목들이 줄지어 있어도 당숲이라는 것을 모르고 스쳐 지나 다녔는데 수십 년간 군웅제를 지냈다는 것이 새삼스럽다.

수리산 자락 동골메 기슭에 자리 잡은 당숲은 전국에서 가장 아름다운 숲으로 지정된 곳이며 마을 사람들이 신성하게 여기는 곳이라고 한다. 정확한 기록은 없으나 군포 설화에 의하면 숙종대왕이 이 숲에서 군웅제를 지냈기 때문에 군웅 숲이라고 부르게 되었다는 것이다.

300여 년 동안 계속되어온 군웅제는 마을 사람들과 관내 인사들이 참석한 가운데 제를 올린다. 비록 마을 고사 형태의 제이지만 숲길 안쪽에서 산속으로 약간 올라간 곳에 작은 원두막 같은 움집이 있다. 그 앞에 차려진 제사상을 보니 통돼지를 잡아 익히지도 않은 채 배를 갈라서 그대로 펴 놓았다. 제가 끝나고 한복 차림의 여인이 엄숙하게 나왔다. 그리고 가정마다 소원

성취를 적어 준 쪽지들을 하나하나 읽으며 불에 태워 서어나무의 무늬처럼 하늘로 올려보낸다.

군포에는 군웅제 외에도 수리산 산신제, 삼성마을 도당제, 당말 도당제, 느티울 산신제, 당정 우물제, 궁안 도장마을 산산제, 금정동 산신제 등 마을 제사가 많다는 것도 오늘 알았다. 수리산이라는 높은 산이 있기에 마을마다 제를 지낸 모양이다. 이러한 마을 제사들은 조선 시대로 접어들면서 유교식 제사로 치러지고 있다. 산신제 원형을 잘 보존하고 있는 계룡산 산신제 같은 경우는 제사와 더불어 반드시 굿을 하기에 전국에서 여러 사람이 참여한다고 하는데 군포 군웅제는 그와 대조 현상을 이룬다고 한다.

군웅제는 마을 사람들이 줄어드는 관계로 축소되었다고 한다. 종교를 떠나서 한 마을의 풍속을 이어가는 것도 좋을 듯싶었다. 제를 마친 마을 사람들은 떡과 제수 음식을 나누어 먹었다. 쌀쌀한 기온에 마을 사람들과 많은 대화는 할 수 없었으나 그 자리에 참석할 수 있었다는 게 행운이었다. 낯선 곳에 와서 낯선 사람들을 만나 내가 모르고 있는 것을 또 하나 알았기 때문이다. 돌아오는 길에는 먹고 남은 떡과 고기를 나누어가며 내 가방에도 넣어 주었다. 그 모습에서 제사를 지낸 다음 날 아침 아래 윗집과 나누어 먹었던 일이 생각나서 피식 웃음이 나왔다.

어릴 적, 가을 농사를 마무리하고 나면 아버지는 두 남동생을 데리고 시제를 지내러 갔다. 서천군 비인면 방굴이라는 마을에 신씨 집성촌이 있는데 걸어 다니는 아들이면 누구나 다 참석하였다. 시제에 참석한 아들들 몫에 연세가 있는 할머니 할아버지 몫까지 챙겨서 돌아오는 길에는 양손 가득 제사음식이 들려왔다. 생선 떡 전 과일 시루떡 등등, 세 몫에 할머니 몫까지 합하면 네 몫이라 짐 보따리가 무거웠다. 상하기 쉬운 생선이나 다른 음식은 먼저 먹고 시루떡은 말려서 항아리에 넣어 놓고 겨우내 구워 먹었다. 그런 정겨움이 먼 추억으로 남아있는데 군웅제를 다녀오며 그 아련함이 되살아났다.

통돼지를 잡아서 제물로 바쳤다는 것은 군웅굿에서 무당이 산돼지를 죽이면서 죽은 영혼들을 위로한 후, 통돼지를 바치는 것과 같은 맥락이라고 한다. 군웅숲에 자리 잡은 마을 터주가리는 1.4 후퇴 때, 중공군들이 들어와 터주가리 속의 단지를 깨트렸기에 다시 단지를 바꿔서 모셨다고 한다. 그리고 지금까지 매년 음력 10월 초하루 날 터주가리 앞에서 마을 고사를 지내고 있다.

터주가리는 단군세기 기록에 의하면 2대 부루단군의 선정에 감사드리기 위해 백성들이 흙으로 단을 쌓고 항아리에 곡식을 담아 그 위에 볏짚으로 지붕을 씌워 그 앞에서 기조를 하면서 시작되었다고 한다. 그것을 보고 부루단지 또는 업주가리 터주가리 등 지방마다 다르게 부른다는 것이다. 이 터주가리는 가을 농사가 끝나면 항아리에 곡식을 햅곡식으로 갈아드리고 시루떡을 하여 바치며 제사를 지낸다. 그러나 덕고개 군웅제는 지금까지 군웅 신주인 항아리는 건드리지도 못하고 심지어 볏짚으로 만든 이엉까지 벗겨내지 않고 덧씌우기만 하였다고 한다. 이러한 이유는 마을 고사를 주관하는 영적인 무당이 없었기 때문이라고 한다.

그날 나와 함께 했던 A신문사 기자는 군웅제가 원형을 찾고 군포의 축제로, 경기도의 축제로 자리 잡을 수 있었으면 했다. 그러기 위해서는 군포시청이나 문화원은 지역주민들에게 많은 지원과 격려를 해야 한다고 했다. 그리고 이런 행사는 특정 종교의 가치관으로 바라보지 말고 마을 축제로서 진정한 의미로 받아들여 군포의 축제로 자리 잡았으면 하는 바람이라고 했다.

쇠소깍

제주공항에 도착하여 리무진 버스를 타고 서귀포 칼호텔로 갔다. 서귀포 앞바다가 한눈에 펼쳐진 로비에서 따스한 겨울, 햇살 받으며 원두커피를 마신다. 이대로 머물다 돌아가도 힐링이다. 잔잔하게 들려오는 클래식 연주에 맞게 우아한 분위기는 마음을 상큼하게 한다. 원두커피 향기는 하늘을 날던 비행기처럼 천장 위로 올라가고 시원스럽게 보이는 진녹의 바닷물은 창문 너머로 반짝인다. 호텔 주변의 야자수들과 어우러져서 간간이 내리는 눈발은 우리를 환영하는 듯 춤을 추며 휘날린다.

첫 코스로 쇠소깍에 갔다. 제주에는 몇 차례 갔어도 쇠소깍이란 이름은 생소하다. 처음 간 곳이라서인지, 저녁 시간이라 그런지 데이트하는 연인들만 드문드문 보인다. 도로변에서 대여섯 계단을 내려가면 잘 정비된 계단길이 나온다. 그 길을 걷다 보면 숲속 사이로 파란 하늘이 보이고 언덕 아래에는 에메랄드 빛 바닷물이 잔잔하게 출렁인다. 푸른 하늘과 바다의 조화는 나무들 사이에서 이색적인 풍경으로 나타나 가던 길을 잡아 놓는다. 빗방울이 뚝뚝 떨어지는 으슥한 숲길이다. 군청색에 가까운 쇠소깍의 물결을 나뭇가지 사이로 감상한다.

여행이란 생각하기에 따라 다르게 느껴진다. 제주에 와서 비를 맞는 것도 드문 일이다. 바람과 돌, 여자가 많아 삼다도라 하지만 제주에 와서 비를 만난 일은 없었다. 푸른 바닷물과 하늘이 곧 달려들어 나를 안고 날아갈 듯한 청명한 날씨가 여행의 여운으로 남았는데 간간이 내리는 빗방울도 나름대로 의미를 준다. 날씨가 맑아야만 즐거운 여행은 아닌 것 같다. 비가 오면 그 나름대로 운치가 있고 맑으면 그만큼의 넓은 시야로 많은 것을 볼 수가 있으니 말이다.

쇠소깍은 제주도가 형성된 지 약 200만 년이란 세월 속에 70만 년 전에 형성되었다고 한다. 10만 년 전 동안, 정지 상태에 있던 화산활동이 재개되어 제주 현무암의 분출로부터 하효리 현무암 지대가 형성되었다고 한다. 쇠소깍의 물결이 끝나는 지점과 곳곳에 형성된 암벽에 커다란 구멍이 눈길을 잡는다. 이 암벽 표면에 생긴 커다란 구멍은 지형학 용어로 타포니라고 한다는데 타포니는 암석의 틈으로 스며든 물이 동결과정을 반복하여 암석의 틈을 넓혀 커다란 구멍을 만든 것이다. 쇠소깍에 발달한 타포니는 주로 화학적 풍화작용으로 형성된 것이라고 한다.

쇠소깍은 하늘에서 비가 내리면 바다로 흘러가 반은 땅에 스며드는데 이렇게 스며든 물은 현무암 속에서 다시 용천하여 바닷물과 만나 쇠소깍을 형성하게 된다. 물이 에메랄드빛 아름다움을 보이는 것도 바위 틈새 및 곳곳에서 솟아나는 용천수와 바닷물이 만나 이루어진다고 한다. 이름도 생소한 쇠소깍은 제주도에서 드물게 민물과 바닷물이 만나는 곳이다. 제주도 최남단 하천이라는 효돈천 끝에 자리 잡은 쇠소깍은 마을 이름 효돈의 옛 표현인 쇠돈의 쇠와 연못이라는 의미의 소, 끝에 나타나는 접미사인 각의 옛말인 깍이 합쳐진 제주도 방언이다.

쇠소깍은 서귀포 앞바다의 간조, 만조 시각에 따라 모습이 달라진다고 한다. 간조 시에는 바닥의 바위가 드러나고 만조 시에는 물이 차올라 바위가 물에 잠겨 새롭게 보인다. 우리가 갔을 때는 물이 차오른 만조에 가서 물이 출렁이고 있었다.

다음 날 아침 쇠소깍 반대편에 있는 천지연폭포에 갔다. 가랑비가 안개처럼 흩날리고, 폭포의 하얀 물줄기가 일상에서의 스트레스를 해소할 만큼 시원스럽게 내린다. 삼 십여 년 전, 남편 회사 동료들과 이곳에 왔었다. 북적거리는 인파 속에서 사진 한 장 찍으려고 비집고 들어가던 때가 폭포 물처럼 솟아오른다. 물줄기가 잘 나오게 찍으려고 이리저리 움직였는데, 오늘은 두 줄기 폭포 물을 마음껏 바라본다.

천지연 연못 속에는 신령스러운 용이 살아 있다는 전설이 있다고도 하지만 가뭄이 들었을 때 이곳에서 기우제를 지내면 비가 내렸다고도 한다. 한겨울인데도 폭포의 물이 시원스럽게 내리는 걸 보면서 이 물속에 신령스러운 용이 살아 있는 걸까 하는 상상을 하며 연못 속을 들여다본다. 물고기는 보이지 않아도 연못은 평화롭다.

　주변에는 우리 일행과 두 여인이 있었는데 그들은 서로에 대한 멋진 모습을 카메라에 담고 있다. 나는 그들을 유심히 바라보았다. 국내 거주자가 아닌 것 같아 어디서 왔냐고 물었더니 싱가폴에서 왔다고 한다. 모녀지간에 한국 여행을 꼭 하고 싶어서 우리말을 배웠다며 자연스럽게 말을 한다. 순간 가슴이 울컥하여 천지연을 배경으로 사진 몇 컷 찍어주었다.

　연못 근처 도로변에는 비 맞은 빨간 단풍잎들이 바닥에 떨어져 꽃잎 대리석을 만들어 놓았다. 그 위를 걷다 보니 궁전 안을 걷는 기분이다. 위를 올려보면 울긋불긋 꽃물이 들어있고 아래를 내려다보면 알록달록한 꽃길이다. 그 위에는 두 모녀가 나란히 앉아서 단풍잎을 줍고 있는 걸 보니 밀레의 이삭 줍는 그림보다 더 아름답다. 소꿉놀이하는 소녀들처럼 오손도손 이야기 나누며 단풍잎을 줍던 그녀들. 우리가 그 옆을 지나가자 좀 전에 사진을 찍어 준 게 좋았는지 카메라를 건네준다. 사진에 담긴 그들의 입가에는 빨간 단풍잎 못지않게 환한 미소가 번진다.

　잠시 후 우리도 그녀들과 똑같이 바닥에 쪼그리고 앉았다. 아기 손등처럼 부드러운 단풍잎, 아기 볼처럼 붉으스름한 귀여운 단풍잎들을 차곡차곡 손바닥에 모았다. 아가들의 웃음소리가 여기저기서 들려오는 듯하다. 손바닥 가득 담긴 단풍잎들이 간질간질 간지럽게 한다. 부드러운 아기의 숨결이 느껴진다. 우리의 모습도 그녀들 눈에 좋아 보였는지 내 휴대폰으로 사진을 찍어주었다. 언어가 통하지 않아도 마음은 같은 모양이다. 그렇게 시간 가는 줄 모르고 동심의 세계를 즐기다 보니 몇몇 일행이 줄지어 들어왔다. 단체여행을 하면 꽉 짜여진 일정으로 한곳에 머물러 이렇게 있을 수 없지만 자유여행을 하다 보면 이처럼 소중한 추억들을 만날 수 있다.

쇠소깍의 그 맑은 물결과 천지연의 시원스러운 물줄기는 여행의 즐거움을 만끽하게 한다.

성판악 가는 길

　고향 친구 초대로 제주에 갔다. 친구 표정처럼 화창한 날씨가 반긴다. 전역 후 제주에 놀러 왔다가 설경에 빠져 아예 터를 잡은 친구다.

　겨울에는 제주 방어를 먹어야 한다며 횟집으로 데려간다. 그곳에는 또 다른 토박이 친구가 기다리고 있다. 저녁 먹고 나와 보니 눈이 하얗게 쌓여 있고 눈보라가 달려든다. 신이 나서 밤거리를 걸었다. 조용한 골목길은 우리 세상이다. 눈발이 거세게 춤을 추자 수심 가득한 친구가 이대로라면 내일 한라산 등반이 어려울 것 같다고 한다. 육지에서 살아온 나는 그 말이 믿어지지 않았다. 폭설도 아니고 바닥에 조금 깔려있을 뿐인데 무슨 소리람. 나를 놀리려는 참이겠지, 라고 생각했다.

　다음 날 아침 서귀포 풍경은 신천지를 만들어 놓았다. 나는 같이 간 친구와 함께 한라산 등반을 서둘렀다. 그러나 약속 장소에 나타난 친구들은 간밤에 눈이 많이 내려 아무 곳도 갈 수 없을 것 같다고 한다. 그 친구 덕에 제주는 여러 번 갔어도 한라산 등반은 벼르고 별러서 왔다. 순간 안개 낀 터널을 거닐 듯 머리가 복잡했다. 마음먹고 먼 길 왔는데 이대로 포기할 수도 없지 않은가.

고향 친구는 싱글싱글 웃으며 귤밭에 가서 귤이나 따자고 한다. 농담이라고 생각하면서도 나쁘지 않았다. 그때 토박이 제주 친구가 우리를 태우더니 영실로 가자고 한다. 서귀포를 벗어나자 눈이 점점 더 내리면서 길가에 쌓인 눈도 예사롭지 않았다. 간신히 영실 입구에 갔는데 경찰이 통제하고 있다. 한참을 고민한 친구는 천 백 고지 쪽으로 차를 돌렸다. 그곳도 마찬가지다. 할 수 없이 성판악 쪽으로 차를 돌렸다. 우리는 영실이 어디인지 천 백 고지가 어디인지도 모르고 친구 차 안에서 마냥 즐거워하고 있었다.

성판악 입구에는 하얀 떡가루를 펼쳐놓은 듯하다. 나뭇가지마다 다양한 솜사탕을 매달아 놓은 듯 휘어진 모습이 장관을 이루고 있다. 그 아름다운 설경에 입이 다물어지지 않는다. 운전하는 친구 마음도 모른 채 감탄사만 보내고 있는데 경찰이 입구를 막는다. 그 환한 마음 다스리기도 전에 우울해진다. 마음대로 되지 않는 게 자연이라지만 왜 하필 이때 눈이 와서 이런 걱정을 준담, 눈을 좋아하던 마음이 사라지게 한다. 눈 오면 신이 나서 여기저기 문자를 남기고 통화되면 차라도 한 잔 나누었다. 그런 나를 보고 눈이 오면 지겹다는 친구가 있어 대체 감성이라고는 하나도 없다고 놀렸다. 그랬더니 강원도 화천에서 군대 생활하며 눈만 뜨면 눈이 와서 지겹게 눈을 쓸었던 기억밖에 없다던 친구. 이제야 그 말이 이해가 간다.

경찰들이 입구에서 지키고 있으니 올라갈 수도 차를 돌릴 수도 없는데 친구가 창문을 열었다. 그리고 정중하게 인사를 했다. 미안하지만 서울에서 친구가 왔는데 조금만 올라갔다 내려올 터이니 허락을 해 달라고 한다. 경찰은 그가 현지인임을 확인하고 어디까지 갈 것인지 물었다. 친구는 근교에 있는 사찰까지만 가겠다며 인사를 했다. 일단 그곳을 벗어난 우리는 대형유리판을 깔아 놓은 것 같은 얼음길을 천천히 올라갔다.

왕복 2차선 산길은 눈썰매장을 연상하게 한다. 등산객은 물론 차량이 통제되어 오고 가는 차도 사람도 없다. 밤새 제설작업을 한 흔적으로 빙판길을 만들어 놓을 뿐이다. 사방을 둘러봐도 하얀 눈꽃만이 우리를 반기고 있다. 눈꽃 여행이라는 게 이렇게 황홀할 줄 누가 알았을까. 아니 통제된 구역을 오른다는 게 이렇게 좋을 줄이야. 좀 전에 천 백 고지 입구에서 얼었던 마음이 눈 녹아내리듯 다 녹아버린다.

사찰까지만 가겠다던 친구는 어디까지 가는지 계속 오르고 있다. 미리 걱정하지 않는 내가 은근히 불안했다. 올라가는 게 문제가 아니라 이 빙판길을 어떻게 내려올까 싶다. 가도 가도 사찰은 보이지 않았다. 얼마나 더 올라가야 하는지. 무릎까지 빠질 정도의 눈꽃 세상은 환상적이다.

산 중턱에는 간밤에 올라온 승용차가 중간중간 주차하여 있을 뿐이다. 동화 속에 나오는 하얀 나라와 다름없다. 그 넓은 산속에는 은은한 음률로 연주하는 산새들이 우리 세 사람을 위한 콘서트를 하고 있다. 멋진 풍경을 만나면 차에서 내려 사진을 찍었다. 떡가루를 부어 놓은 것 같은 거리, 눈옷을 입고 휘어진 나무들은 한 장면의 풍경화를 보는 것보다 더 황홀하다.

성판악 입구에서 조금만 올라간다고 해놓고 산꼭대기 주차장까지 올라왔으니 눈뜨고 꿈을 꾸지 않고서는 할 수 없는 일이다. 성판악에서 제주시를 내려다보는 시원함처럼 통쾌한 마음이 온몸으로 스며든다. 성판악 주차장은 전날 올라온 차량 몇 대가 주차되어있다. 그때 서야 우리를 올려 보내놓고 기다리고 있을 경찰이 걱정되었다. 우리는 휴게소에서 커피 한 잔 마시고 등산길로 접어드는데 관리인이 뛰어와 산에 오르는 것을 막는다. 그래서 사진만 몇 컷 찍겠다고 양해를 구했다. 그런데도 등산길로 들어갈까 걱정되는지 우리를 주시하던 관리인은 자꾸만 내려오라고 신호를 보냈다. 산 입구에는 무릎까지 빠질 만큼 눈이 쌓여 있다. 제주 지리를 잘 아는 친구는 같은 길을 두 번 가는 것보다 반대쪽이 낫다며 차를 돌렸다.

설경을 맞은 성판악은 올라가는 길도 꿈길 같더니 내려가는 길은 더 환상적이다. 굽이굽이 비탈진 거리, 눈꽃 핀 겨울 산,

하산의 즐거움도 장관이다. 성판악에서 조금 내려오는데 아름드리나무들이 쭉쭉 뻗어있는 길이 나온다. 하얀 눈 속에 서 있는 아름드리 삼나무 숲이 웅장하게 펼쳐졌다. 이곳이 사려니숲 길이라고 하는데 역시 인적이 없으니 여유롭다. 마치 파란 군복을 입은 국군 장병들이 위엄 있게 서 있는 듯 입이 다물어지지 않았다. 그 길을 그냥 지나칠 수가 없어 차를 세웠다. 하얀 눈과 푸른 이파리 든든한 나무들 숨소리가 살금살금 들려와 마음을 평화롭게 한다.

사진 찍어주던 친구는 손등이 꽁꽁 얼어 잘 익은 애플 망고 같다. 그런데도 표정 하나 바뀌지 않는다. 숲속 공기와 대화를 나눠본다. 이 신선함 속에서 철없이 웃고 떠들며 논다. 이런 장면을 놓칠세라 사진을 찍어주며 계면쩍게 웃어주던 친구의 순수한 모습에서 달콤한 망고 같은 향기가 난다. 삼나무 그 올곧음처럼 진정한 사람 냄새가 난다.

김포공항 대형 크리스마스트리가 제아무리 화려하게 꾸며져 있어도 눈 쌓인 성판악 길을 비교할 수가 없다. 아니 제주 친구의 순수한 우정은 하얀 눈길보다 더 백옥으로 남아있다.

일탈을 즐기다

　제주에 사는 친구는 방어의 제맛을 보려면 겨울에 먹어야 한 다며 놀러 오라고 한다. 그러나 집을 떠난다는 게 말처럼 쉽지 않다. 벼르고 별러 겨울 제주에 갔다. 허름한 식당은 식탁이 몇 개 없다. 내가 사방을 둘러보자 근사한 건물보다 허름한 집이 더 맛있다며 단골집이라는 것을 알린다. 자리는 누추하지만 오 래된 친구를 만난 것처럼 편안했다. 젊은 식당 주인은 미소를 가득 담은 채 반찬을 차려 나왔다. 김치와 회무침, 당근 오이가 전부다. 음식 맛을 알려면 김치부터 먹어보아야 한다더니 적당 히 익은 배추김치 한쪽이 입맛에 당긴다.

　잠시 후 붉으스름한 방어회를 두툼하게 썰어서 한 접시 가져 왔다. 친구는 상추에 방어 한 점 올려놓고 밥을 넣어 먹어야 제 맛이라며 삼겹살 싸 먹듯 상추를 한 장 들고 있다. 우리도 그대로 따라 했다. 방어의 쫄깃한 맛과 하얀 쌀밥의 쫀득함이 어우러져 독특한 맛이 났다. 회를 좋아해서 횟집을 잘 가지만 이렇게 밥과 회를 싸서 먹어본 것은 처음이다. 담백하고 싱싱한 방어가 자꾸 입맛을 돌게 한다. 한 접시가 모자랐다. 제주 사람들의 사투리가 여기저기서 흘러나온다. 잘 알아듣지 못하는 대화, 그러나 구수한 말투는 방어 맛 못지않게 정겹게 들려온다.

식당에서 나오자 함박눈이 펑펑 내린다. 육지에서 맞는 눈과 섬에서 맞는 눈이 다르게 느껴진다. 천방지축 아이처럼 큰소리도 내어본다. '아, 이게 웬 행운이야.'

초저녁 밤, 서귀포 골목길은 서울과 다르다. 밤 아홉 시쯤 숙소에 갔는데 뭔가 아쉬운 것 같아 주인아저씨께 쉽게 갈 수 있는 곳을 여쭈었다. 그랬더니 야간 천지연폭포의 불빛이 아름답다며 입장료도 없으니 가보라고 한다.

천지연 주차장에는 함박눈이 아닌 가랑비가 부슬부슬 내린다. 차량도 인적도 별로 없다. 폭포 쪽으로 발길을 돌려보니 컴컴한 숲길이다. 여성 둘이서 낯선 길에 들어가기가 내키지 않는다. 그래서 불빛이 보이는 새연대로 갔다. 캄캄한 바다를 가로등 불빛과 억센 바람이 지키고 있다. 철썩이는 바닷물이 금방이라도 내 품에 안길 것 같다. 검은 물결 위로 파란 불빛의 새연대가 하늘 높이 솟아있다. 낮에 본 모습과 전혀 다른 멋진 그림이다. 푸른 형광 불빛의 새연대가 금방이라도 하늘 높이 날아갈 듯 가볍게 보인다.

서귀포 앞바다에는 문섬 범섬 섶섬이 있는데 제주 여행을 가면 밤섬 근교에 있는 새연대를 꼭 들린다. 새 모양의 조형 건물이 바다 위로 펼쳐져 있는 새연교를 건너가면 새섬의 둘레길이 나오는데 아기자기하게 꾸며져 있다. 섬 주변을 산책 삼아 돌다 보면 맑은 음의 산새 소리가 들려오고, 빨간 산딸기가 주렁주렁 달려있다. 인적 드문 바닷가 작은 산책길은 평화롭기만 하다. 혼자 걸어도 둘이 걸어도 좋은 이 길에서 아침 산책을 한다는 게 행복이다.

새연대는 새섬과 육지를 연결했다고 해서 새연교라고 부르기도 하지만 새로운 인연을 만들어가는 다리라는 의미에서 유래되었다고도 한다. 푸른 물결 위에 하늘 높이 치솟은 하얀 철조 건물이 초승달 모형으로 바다 위에 떠 있고, 타원형 다리 위를 걷다 보면 새 부리 안에 들어간 것 같은 느낌을 받는다. 그 안에서 끝없이 펼쳐진 지평선을 바라보니 가슴이 확 트인다. 다리 아래에는 끊임없이 출렁이는 바닷물이 쉬지 않고 움직인다.

나는 그 속에서 힘차게 살아가는 사람들 모습을 보는 것 같아 희망도 얻는다. 산이 아버지를 의미한다면 바다는 어머니를 의미한다더니 이곳에 서면 바다와 내가 하나 된 느낌이다. 어쩌면 나도 모르게 제주 바다와 인연을 맺은 것은 아닌지, 주변 환경과 인연을 맺은 것은 아닌지 알 수가 없다. 한 가지 뚜렷한 것은 일탈을 벗어나서 마냥 머물고 싶은 곳이 새연교다. 새섬을 찾는 관광객들과 아름다운 인연을 맺어보자는 취기가 담겨있다고 하니 더 정감이 간다.

새연대에서 해안 길로 내려가면 소천지라는 아담한 연못이 나온다. 소천지는 백두산 천지를 축소해 놓은 듯한 아름다운 자연 풍광이다. 제주 바다를 배경으로 1만 2천 봉의 봉우리들이 병풍처럼 나열되어 있다. 비취색 물속은 거울을 보는 듯이 맑다. 소천지에서 바라본 한라산의 멋진 자태가 바로 내 눈앞에 있는 듯이 아름다웠다. 그리고 그 물속에 비치는 한라산을 사진에 담다 보니 거대한 한라산이 내 품에 들어온 듯한 기쁨을 만끽했다. 바위 하나하나 빼놓을 수 없이 아기자기한 풍경들. 날씨까지 맑아서 하늘과 바다가 형제처럼 손잡고 있는 듯한 풍경이 평온을 준다. 잘 알려진 관광지 못지않은 보석 같은 풍경을 만난다는 게 일탈의 즐거움이 아닌지도 모르겠다.

셀라모텔에서 천지연 가는 길거리에는 '솔동산 문화의 거리'가 있는데 이중섭 산책로라고도 한다. 나는 제주를 오면 그 길을 잘 걷는다. 낯익은 시골 동네 같은 거리, 중간중간 조각 작품들이 놓여있고 작가와 작품에 대한 설명이 잘 새겨져 있다. 한참 걷다 보니 노란 우체통 옆에 '그날에'라는 시가 쓰여 있다. 그리고 맨 아래 줄에는 '이 시를 읽고 느낀 점이나 시인에게 하고 싶은 이야기를 써서 우체통에 넣어 주면 이에 대한 답장을 해주는 대화 나눔 통입니다.'라고 쓰여 있다.

그날에 오신다더니

유자꽃 피어도 아니오고
유월에 다시 오켄해더 그네
달맞이 꽃 잎 떨어져도 아니오셨습니다
바람인 듯 바람일 듯
기다리다가 칠월은 가고
구월을 기다리라더니
겨울까지
다 지나 가고 말았습니다
보셔요.
동사섭 뜨락에 패랭이꽃 피고
풀끝으로 내려선 이슬이 소리 내면
오캔해신디
동백꽃이 두 번 피어요.

ㅡ「그날에」 전문

한 편의 시를 읽으며 과거 유배지였던 곳이라는 걸 느낀다. 고향에 있는 그 누군가의 사랑을 그리워하는 것 같은 글 속에서 나도 그리움 하나를 떠오르게 한다. 누구나 가슴 한편에 간직하고 살아갈 그리움이 아닌가. 적당한 그리움은 생활에 활력을 준다. 내가 이 거리에서 만난 시인과 화가들의 흔적을 만난 것도 내가 사는 산본으로 돌아가면 그리움으로 남겨질 테니까. 그래서 다시 또 이 거리를 찾아올 수 있도록 할 테니까. 그리고 제주를 떠나는 순간 섬세하게 만들어진 조각 작품 하나하나와 예술가들의 혼신이 느껴지는 이 거리를 그리워하며 바쁜 일상으로 돌아갈 것이다.

밤새 내린 눈을 그치고 아침 햇살이 서귀포 앞바다를 더 멀리 바라보게 한다. 맑은 바닷물은 더 가까이 다가와 떠나는 우리를 배웅한다. 간밤에 먹은 방어의 싱싱함처럼 서귀포 작은 마을이 일탈의 즐거움으로 싱그럽게 남긴다. 살다 보면 또 일탈의 시간을 만들지 않을까. 1박 2일의 짧은 시간이 다시 제주를 찾는 그 날까지 수없이 그리게 할 것이다.

5부 그 미소에서

사랑초

    화초를 키우다 보면 제각각 특색이 있다. 꽃 모양이나 색깔, 향기가 유독 진하여 마음을 흔들어놓는가 하면 향기도 없고 진한 빛깔을 띠지 않아도 눈길이 가는 것이 있다. 또 꽃은 피우지 않아도 나무 자체로 사랑을 받는 것도 있다.

    향기가 있어야만 좋은 꽃이 아니다. 향기가 없어도 마음이 가는 꽃이 있고 향기가 진해도 마음이 가지 않는 꽃이 있다. 때로는 전혀 향기가 없는데도 향기가 느껴지는 꽃이 있다.

    몇 해 전이다. 내가 꽃을 좋아한다는 걸 아는 K는 사랑초 몇 뿌리를 주면서 이 꽃은 사랑을 먹고 사는 꽃이니까 잘 키우라고 한다. 꽃나무가 잘 번지면 부부간의 사랑이 넘치는 것이고 그렇지 않으면 사랑이 부족한 거리며 확인해보라고 했다. 나는 그 말을 그대로 믿고 빈 화분에 정성껏 심어놓고 틈만 나면 이야기를 나누며 물을 주었다. 어린아이 키우듯이 있는 정을 몽땅 주었다. 먼저 터를 잡은 화초들이 질투할 만큼 말이다.

그렇게 정을 준 연유에는 K를 생각하는 마음도 있었지만 십여 년을 한 동에 살아온 이웃들 때문이다. 나는 드라이브를 좋아해서 주중이든 주말이든 시간만 나면 남편과 함께 여기저기 돌아다닌다. 신도시로 이사해서 이웃들과 정도 들기 전이었기에 서로 낯선 얼굴이었다. 그러니 아무것도 모르는 이웃들이 볼 때 유별난 부부로 보인 모양이다. 후에 들은 애기지만 우리에게 잉꼬부부라는 별명이 붙었다고 한다. 그런 이미지가 있었기에 더욱더 잘 키우려는 의도로 특별대우를 할 수밖에 없었다.

몇 개 심어놓은 여린 싹들이 움트기 시작했다. 갈고리처럼 돋아난 새싹들이 삼각자 모양으로 살포시 펴지면서 세 개의 삼각자가 한 대에 살을 붙이고 꼬물꼬물 움직였다. 어린 새싹들은 이파리가 자라면서 진 보라색을 선명하게 드러냈다. 낮에는 활짝 펴진 이파리가 팔랑팔랑 너울거리며 수시로 인사를 하나 싶었는데 밤이 되면서 하나로 뭉쳐 합방하듯 찰싹 달라붙는다. 사랑초라는 말이 잘 어울렸다. 금슬 좋은 부부가 꼭 껴안고 잠을 자는 것처럼 말이다. 사랑초는 날이 갈수록 화분 안에 가득 채워 나갔다. 나는 그들이 빠른 속도로 번식하는 게 신기해서 더 많은 사랑을 주었다. 그러니 사람이든 식물이든 사랑이 주는 위력은 대단했다.

사랑초 꽃은 연보라색이다. 아무런 향기도 없고, 이름과 달리

예쁘다기보다 순박해 보였다. 작은 나팔처럼 생긴 게 한없이 연약해 보였지만 누군가의 손길이 닿지 않으면 곧 꺾일 것 같은 꽃이다. 그래서 쉽게 만져볼 수가 없어 마냥 바라만 볼수 밖에 없는 꽃이다. 그러고 보니 사랑초라는 이름이 적절한 표현이다. 사랑이라는 게 꼭 향기가 있는 것도 아니고, 화려하게 보이는 것도 아니지 않은가. 순수함 속에 느끼는 그 어떤 끌림. 화려하지 않아도 은은함에 든 정을 떼려야 뗄 수 없이 묶어지는 사슬이다. 그래서 사랑이란 존재가 대단하다.

우리 집에 온 사랑초는 내 사랑을 담뿍 받고 있다. 그리고 그 사랑초는 사계절을 막론하고 수시로 꽃을 피워 내 사랑을 받으려고 한다. 이파리가 무성하다 싶으면 어느새 누런 잎이 생기고 그래서 깔끔하게 다듬어주면 곧 그 자리에서 어린 순이 돋아나 헐렁한 화분을 풍성하게 채워준다. 그리고 새로 나온 싹들은 내 사랑을 기다리기라도 하듯 빤히 쳐다보면 물을 흠뻑 준다. 그때마다 기다렸다는 듯 방글거리며 무럭무럭 자랐다. 나는 그런 사랑초를 키우며 사람들의 사랑도 떠올려 본다.

사람과 사람 사이에도 진솔한 마음 하나 주고받는다면 그게 진정한 사랑일 것이라고. 겉으로 내 품지 않아도 가슴에 담아둔 마음이 있다면 그게 소중한 사랑일 것이라고. 대단하지 않아도 사소한 일상에서 얻어지는 게 사랑일 것이라고. 그래서 사랑이라는 것은 향기가 없어도 각자 느끼는 매력이 따로 있지 않을까. 예쁜 꽃을 보고도 예쁘다는 느낌을 받지 못하는 것처럼, 향기로운 꽃을 옆에 두고도 향기를 맡지 못하는 것처럼 말이다. 그래서 사람이든 식물이든 예쁜 곳이 없어도 누군가의 눈에는 예쁜 곳이 숨어있기에 사랑을 주고받는 게 아닌가.

사랑초가 내게 주는 기쁨은 별것 아니다. 그저 제 자리에서 시시각각 꽃을 피우고 시들지 않고 잘 자라주는 것으로 제 할 일을 다 한 것이다. 다만 나는 사랑초가 몸살을 하면 물을 주고 옷깃이 낡으면 새 옷으로 바꿔주는 역할을 했을 뿐이다. 그는 그 보답으로 수시로 꽃을 피우고 새잎을 돋우며 내게로 다가왔다. 그런 꽃에게 추위를 피하여 양지바른 곳으로 옮겨주고 가끔 물을 주어 목마름을 해결해 준 것이다. 그런데 그는 우리 가족에게 늘 행복을 주고 있었다. 한겨울에도 불구하고 베란다 한쪽 구석에서 나풀거리며 수시로 꽃을 피워 많은 사랑을 품어내고 있다.

K의 말대로 우리 부부 사이가 이토록 좋은 건지, 사랑초에게 주는 내 사랑이 유별난 것인지 착각할 정도다. 사랑초는 변함없이 베란다에서 많은 사랑을 계속 피워 내고 있다. 나는 베란다를 나갈 때마다 사랑초에게서 눈길을 떼지 못하고 '사랑해'라는 말을 남기며 오래 머물다 들어온다.

그 미소에서

창문을 열었더니 저 멀리 수리산 말랭이는 새치 솟아나듯 히끗히끗하다. 초등학교 아이들과 수업할 때 겨울 산을 표현해 보라고 하면, 하얀 홑이불을 덮어놓은 듯하다거나 할머니 머리 같다고 하던 말이 떠오르는 아침이다.

상쾌한 기분으로 남편과 함께 외출하려던 나는 재활용 쓰레기와 음식물 쓰레기가 있어 들고 나갔다. 현관을 나서자 수리산의 찬 기운이 왈칵 내 품에 안기듯이 다가온다. 바깥에는 싸락눈이 싸락싸락 내리고 있다. 몸을 움츠린 채 쓰레기 분리수거하는 곳으로 가는데 미화원 아저씨가 급히 다가와 쓰레기를 받으려고 한다. 평소에도 늘 하는 행동이지만 음식물에서 나오는 냄새 때문에 안 된다고 했다. 그런데도 아랑곳하지 않고 자꾸만 달라고 하여 '분리수거용이나 가져가셔요.'라고 하였다. 그런데

도 아저씨는 외출하는 것 같은데 예쁜 사모님 손에서 냄새가
나면 안 된다며 막무가내로 빼앗아 간다.

미화원 아저씨는 사람들과의 일상을 이렇게 시작한다. 항상
웃는 표정으로 누구에게나 하던 일을 멈추고 가까이 다가온다.
그런 장면을 본 남편은 어이가 없다는 표정을 지으면서도 기분
이 좋았는지 빙긋이 웃었다. 경비실이 없는 우리 아파트는 미화
원 아저씨와의 만남이 종종 있다. 부지런하고 늘 웃으며 일하는
아저씨는 짐이 무거워 보이면 들어다 주고, 쓰레기가 많은 듯싶
으면 마중 나와 받아간다. 아버지 같은 연세에 미안할 때도 있
지만 그만큼 편안하기에 자연스럽게 건네준다.

반월저수지 물가는 물침대에 앉아 있는 듯 몰랑몰랑한 파도
가 일렁인다. 그 많은 물이 갈매기를 그려가며 내게 다가온다.
마음이 평온하여 한참을 서 있었더니 어지럽다. 머리도 식힐 겸
산모퉁이를 돌아서 여름 내내 낚시꾼이 모여 있던 곳으로 갔다.
텐트가 군데군데 놓여있던 자리는 잡풀이 무성하고 나룻배 한
척 띄워져 있던 곳에는 빈 줄만 덩그러니 묶여있다. 낚시 줄에
걸려 나온 붕어들 보는 재미에 더러 오던 곳이다. 파르르파르르
하얀 비듬 떨어뜨리며 이리저리 꼬리 흔드는 것도 재미있고, 입
가에 핏물이 고인 채 뻐끔거리는 것을 보면서 동심을 맛보던
곳이다.

겨울 저수지 회색빛 풍경에서 마음을 안정시키는 것은 여름
내내 피어 있던 들꽃이 생각나기 때문이다. 이른 봄에 이곳에

오면 핑크빛 찔레꽃이 올망졸망 모여서 싱글싱글 웃고 있다. 또 그 주위에는 계란후라이를 해 놓은 듯하다 하여 계란꽃이라고도 부르는 망초꽃이 흐드러지게 피어 있는 곳이다. 그리고 얼기설기 손 내밀며 다가오는 칡 줄기를 보며 어머니 손길을 연상했고, 수줍은 듯 고개 숙인 원추리 꽃잎에서 갓 시집온 새색시를 보는 듯했다.

그러나 그렇게 당당하던 망초 대는 누런 가지만이 자리를 지키고, 당알당알 피어 있던 찔레꽃 자리에는 앙상한 가시들만 선명하게 남아 있다. 그런데도 나는 이곳에서 고향의 품속 같은 정을 느끼는 것은 이파리가 다 떨어져 그 이름조차 알 수 없는 가지들이 찬바람을 밀어내기 때문이다.

아기 볼 같은 해님이 따스하게 내려앉은 저수지다. 비록 인적이 끊기고 자신의 화사함을 감춰버린 물가이지만 쓸쓸함보다 평온하게 보인다. 간간이 날아오는 참새 떼와 청둥오리는 봄소식을 물고 오는지 분주하게 움직인다. 산모퉁이 어디선가 들려오는 휘이잉휘이잉 오카리나를 연주하듯 불어오는 바람 소리는 어린 시절 고향 집 문풍지 사이로 들려오던 고운 음의 음률로 다가온다. 귓불이 차갑게 느껴지고 옷깃에 스며드는 공기가 반월저수지 안으로 들어간다. 물속에 비추어진 낮은 산 말랭이는 내 손에 잡힐 듯이 둥그렇게 누워 있다.

한 겨울밤 아이들 웃음소리가 하나둘 바깥으로 새어 나가며 방 안의 분위기는 반월저수지 물속처럼 평온하였다. 호롱불 불빛 아래 올망졸망 모여 앉은 가족은 막둥이의 재롱에 밤늦도록 웃음꽃이 피었다. 그리고 배가 출출할 무렵 엄마는 가마솥에 넣어둔 밥에 김치 한쪽 썰어 넣은 김밥을 돌돌 말아왔다. 그때 그 맛은 화려하게 놓여있는 뷔페의 김밥에 비할 수 없을 만큼 맛있었다. 그 정겨운 풍경은 간간이 날아오는 물오리 떼처럼 드문드문 남아서 이렇게 호젓한 곳에 오면 더 생각난다.

반월저수지는 수리사에서 흘러오는 물줄기를 반갑게 맞이한 곳이다. 그래서인지 넓은 냇가 주변부터 피서 나온 사람들로 항상 북적거리는 곳이다. 산본신도시에서 약간 벗어난 고향 같은 곳. 그래서 고향이 그리우면 이곳에 온다. 이른 봄부터 농사일에 나서는 부지런한 사람들과 도시를 벗어나 여유를 찾는 사람들을 보면서 시골과 도시의 공유함에 마음 뿌듯하기 때문이다. 그러나 이곳에도 사람들이 지나간 자리임을 알리는 것은 여기저기 굴러다니는 쓰레기다. 수많은 사람의 흔적인 만큼 각종 오물이 쌓여있다. 비닐봉지와 라면 봉지 막걸리병 소주병 캔 등이다.

우리 아파트 미화원 아저씨가 이곳에 온다면 우리 아버지가 부지런히 일하던 것처럼 깨끗이 치울 것이다. 눈가에 핀 웃음꽃 달랑달랑 달아놓고 오고 가는 사람들 얼굴 보며 씽긋 웃어줄 것이다.

미화원 아저씨는 악취가 풍기는 쓰레기를 치워도 얼굴 한 번 찡그리지 않는다. 그런 미화원 아저씨를 보면서 일에는 귀천이 없다는 것을 이럴 때 표현하는 게 아닌가 하는 생각을 한다.

어떤 일을 하는가가 중요한 게 아니라 어떻게 하느냐가 그 사람의 인격을 말하는 것 같다. 겉으로는 근사해 보이는 직업을 가진 사람에게서 인상 찡그려진 것을 보는가 하면 이렇게 궂은 일을 하면서도 밝은 표정으로 일을 한다는 게 보기 좋기 때문이다.

아버지도 그러했다. 동네 분들을 위하여 두렛일도 잘하였다. 잠시도 쉬지 않고 일만 하던 아버지 이마에는 송글송글한 땀방울이 늘 맺혀있었다. 땀내 나는 작업복이 아버지의 향기였다. 땀구멍이 송송 나 있는 게 아버지의 메리야스였다. 이른 새벽부터 밤늦도록 허리 한 번 제대로 펴지 못하고 낮이며 호미 삽자루를 들고 다니던 아버지는 항상 웃음을 잃지 않았다. 간식으로 막걸리를 내어가도 빈 병 하나 버리지 않았다. 시골 논가에 툭 던져놔도 누가 나무라지 않으련만 정성스럽게 집으로 가져왔다.

그러고 보면 지식은 누군가의 도움이 필요하지만, 한 사람의 인격은 누군가의 도움이 필요 없다는 것을 미화원 아저씨 얼굴에서 본다.

생일선물

낯선 전화번호가 찍혔다. 누구인지 몰라 문자를 남겼더니 2년 전 이사 간 위층 아저씨다. 수필집을 더 내었는지 궁금해서 서점에 갔다가 책이 보이지 않아 전화했다고 한다.

아저씨는 미국 생활 8년 만에 우리 아파트로 돌아와 10여 년을 같이 살았다. 고층 아파트에 살다 보니 엘리베이터 안이나 아침 운동을 하러 나가며 자주 보아 그 집 부부와는 편안하게 지냈다. 첫 수필집 '표정 읽기'를 같은 동에 사는 몇몇 분께 드렸는데 그 아저씨가 꼼꼼하게 읽고 나서 가끔 만나면 책 이야기를 꺼냈다.

누군가에게 책을 건네주면 읽기도 전에 일부 사람들은 칭찬의 말을 전해온다. 그런데 위층 아저씨와 또 다른 한 사람, 젊은 서 검사는 달랐다. 위층 아저씨는 문장의 어색한 부분을 지적해주었고, 젊은 서 검사는 수필집 한 권을 읽고 나서 고칠 부분을 적어주었다. 검사라는 직업을 가졌으니 평범한 사람과 다른 멋진 독후감을 기대했다. 그러나 뜻하지 않는 지적을 받고 보니 기분이 묘했다. 정식으로 지적을 당한 기분이었다. 그러나 며칠 지고 보니 그 두 분이 진정한 독자였다는 생각이 들었다.

서 검사는 나름대로 종결 문장을 바꿔도 보고, 단어 하나하나 다르게 생각한 내용을 A4 용지 두 장 가득 가지런히 정리해 주었다. 남의 글 읽고 그런 정성을 기울인다는 건 쉬운 일이 아니다. 그리고 본인이 생각한 부분을 자세히 설명해주며 자신이 생각한 부분이 다 맞는 건 아니니까 내 생각하고 비교하여 더 좋은 문장을 만들어 보라고 했다.

그 후 서 검사가 적어준 내용을 몇 번씩 읽고 또 읽었다. 읽으면 읽을수록 맞는 것 같다. 문장을 고쳐 놓고 큰소리로 읽어 보았다. 비눗물 흘러가듯 자연스러움을 느꼈다. 검사라는 직업이 대단했다. 술자리에서 설렁설렁 말하던 때와 다르게 단어 하나하나를 섬세하게 따진다는 것을 알았다. 나도 그런 기운을 받아 문장 하나하나 꼼꼼하게 다듬어야겠다는 생각이 들게 했다.

아저씨는 수리사 입구에 300년 남짓한 고욤나무에 관심을 두었는지 궁금해했다. 그 후 수리사를 다녀왔다며 입구가 아니라 대웅전 앞이 더 맞는 표현이 아니겠냐고 한다. 그렇게 책 읽은 소감을 틈틈이 전해 들었다. '구정'이란 단어를 '설날'이라고 표현하면 어떻겠냐며 조심스럽게 묻기도 했다. 그러던 어느 날,

작가와의 대화를 갖고 싶다더니 그 말을 끝으로 소식이 끊겼는데 이렇게 또 이어진다.

아저씨는 며느리가 시집와서 첫 번째 맞는 생일선물로 '표정 읽기' 수필집을 주고 싶다고 한다. 그리고 딸도 있으니까 두 권을 보내달라고 했다. 가슴이 뭉클했다. 잠시 잠깐 살면서 맺은 인연이기도 하지만 그때가 언제인데 아직도 기억하고 있다는 게 고마웠다. 그는 '표정 읽기' 2권과 새로운 수필집 '말강구'까지 3권을 보내 달라고 했다. 나는 말강구 두 권을 더 드릴 터이니 1권은 아저씨가 보고 두 권은 며느님과 따님께 주는 나의 생일선물이라고 했다.

한 통의 전화를 받으며 많은 것을 생각하게 한다. 글을 쓴다는 게 행복하면서도 독자의 눈이 더 예리하고 정확하여 신중하게 써야겠다는 것을. 부족한 글이다. 그런데도 우체국으로 가는 발길이 나비처럼 사뿐거렸다. 어디선가 내 글을 읽어주고 소중하게 여긴다는 게 감사하고 고마웠다. 그러면서도 한 편의 글을 완성하기까지 잠시도 긴장을 놓치지 말아야겠다는 생각이 들었다.

아저씨는 책 속에 나오는 고욤나무를 보기 위하여 매년 시월이면 수리사를 찾아간다고 했다. 아랫부분이 다 삭아서 거죽만 남은 고욤나무에 푸른 잎들이 풍성한 것을 보며 살아가는 힘을 얻는다고 한다. 내 몸이 저렇게 삭아도 누군가를 위하여 열심히 살아야 한다는 강한 의지가 생긴다고 한다. 그렇다. 나는 고욤나무처럼 고목이 된 나무를 보면 부모님이 생각난다. 자신의 몸에 있는 양분 자식에게 다 나눠주고 쭈글쭈글한 모습으로 살아가도 늘 행복해하는 게 부모님이다. 겉모습은 애처로운데 강인한 그 자세에서 삶의 희망을 얻게 된다.

아저씨 며느리는 낯선 집에서 맞는 첫 번째 생일이다. 시아버지로부터 오래된 수필집을 선물로 받고 어떤 표정을 지을까? 그리고 딸은 또 미국 생활을 오래 했다고 들었는데 어떤 표정을 지을까? 두 여인의 표정이 화사한 꽃 그림처럼 보인다. 아버지와 시아버지로부터 받은 선물이라 소중하게 다룰 것이라는 생각도 한다. 요즘 젊은이들 정서에는 맞지 않더라도 끝까지 읽어 볼 것이라는 생각도 한다. 그 안에 공감 가는 부분이 얼마나 있을까? 세대 차이가 나고 자라온 환경이 달라도 가슴에 와 닿는 부분이 있었으면 좋겠다. 그리고 하나 더 욕심을 내어본다면 아버지의 정으로 받았으니 적어도 가슴에 새겨둘 만한 책으로 남겨졌으면 좋겠다.

나는 생일선물로 책을 준다는 생각을 하지 못했다. 그리고 내 생일 선물은 값비싼 것을 바랬다. 보석을 좋아하여 금으로 장식한 귀걸이나 반지, 팔찌, 등을 사달라고 했다. 내가 원하는 선물이 무엇인지 잘 아는 남편은 귀걸이 세트를 당일에 받을 수 있도록 택배로 주문하기도 했다. 꽃다발과 함께 선물 세트를 받는 순간 기분은 좋았다. 그러나 비슷한 선물을 몇 해 받아보니 사치라는 생각이 들었다. 내 손가락에 맞는 반지 하나면 될 일이고, 두세 종류의 귀걸이만 있어도 될 일이다. 그런데 왜 그렇게 보석에 탐을 내고 살아왔는지 모르겠다.

선물이란 내게 맞는 것이 가장 좋은 것 같다. 보석 세트를 받고 좋아하던 내 표정과 소박한 선물을 받은 두 여인의 표정이 순간 엇갈린다. 선물의 가치로 따진다면 내가 받은 장식품과는 상대도 되지 않겠지만 아버지의 마음 아닌가. 비싼 것만이 좋은 선물이 아니다. 아버지가 주는 따스한 정의 선물이 더 소중하다.

글쓰기에 첫발을 내디딜 때, 같이 공부하던 언니가 대전으로 이사 가며 남긴 말이 떠오른다. 나는 언니와 헤어짐이 아쉬워서 그곳에 가더라고 문학의 길을 같이 가자고 했다. 그러나 언니는 독자들의 심금을 울리려면 남과 다른 감동적인 글을 써야 한다며 그런 자신이 없다고 한다. 평범하게 살아온 가정, 건강한 몸, 삶의 굴곡 없이 행복한 주부였다. 그렇다고 그리움에 죽을 만큼 사랑도 해보지 않았으니 쓸 이야기가 없어 접는다고 했다. 그리고 언니와 비슷한 삶을 살아온 내게도 글 쓰는 일을 생각해보라고 했다. 순간 그럴만하다는 생각도 들었다. 그러나 감동이란 게 가난의 허덕임도, 질병으로 인한 고통도, 그렇다고 사랑에 빠져야만 할까. 모두가 그런 주제로 독자의 마음을 잡을 때, 나는 행복한 이미지의 글을 쓰고 싶었다. 힘들고 지친 사람들에게 비슷한 내용의 글만 읽게 하는 것보다 평범한 이야기 속에서 행복을 얻는 것도 좋을 듯싶었다.

그래서 이 길을 걷고 있는데 뜻밖의 전화를 받고 희망을 얻는다. 상대방이 어떤 생각으로 받아들일지 몰라도 내 마음을 담은 글 속에 누군가가 있었다. 글을 쓰기 위하여 곰곰이 생각하고 여러 날 고민하여 얻은 소재, 별 것 아니지만 하얀 눈 위를 천천히 걸어가듯 한 발 한 발 옮겨 놓은 듯한 나의 소중한 길이다. 그런 날들을 누군가와 같이 공유하고 함께 걸어가고 싶은 게 내 마음이다. 나와 같은 길을 걸어가든 다른 길을 걸어가든.

이제 지인들 생일에 내 수필집이 선물이 되어도 좋을 듯싶다.

붓편지

책꽂이를 정리하다 보니 경기도京畿道 하남시河南市 풍산동豊山同 이일오번지二一五番地 윤용덕 전尹容德 前이라는 한자가 큼직하게 적힌 서류 봉투가 있다. 반가움에 눈이 휘둥그레진다. 받은 기억은 있어도 책꽂이에 꽂아 놓아 까마득히 잊었다. 옷을 빨려고 주머니를 뒤지다가 뜻하지 않게 잡히는 누런 지폐를 본 것보다 기뻤다.

두툼한 봉투를 열어본다. 오래전 시고모부의 흔적이 가지런히 들어있다. 윤용덕 옹 (풍산동) '도덕 윤리를 갖춘 참 인간 육성'이라는 주제로 고모부 글이 실린 신문을 스크랩해 놓은 내용이 눈에 띄었다. 학교 수업 이상으로 도덕과 윤리 사상을 중요시한 분이다. 아파트 경로당에서 젊은 어머니들 상대로 도덕적인 인간 형성에 대한 주제를 갖고 수업하는 모습을 당시 sbs

방송에서 취재한 자료다.

고모부는 오륜 해설이라는 교재 중 몇 장을 복사하여 오륜 다섯 가지 장유유서, 부자유친, 붕우유신, 군신유의, 부부유별을 한자로 쓰고 해설까지 적어 보내온 것이다. 게다가 내게 도움이 되는 기본 상식 몇 장과 조카며느리인 내 안부가 적혀 있는 소중한 편지다.

진수 (나의 큰아들) 모 전

몇 가지 생각나는 대로 교재를 만들었으니 필요한 것을 선택하여 보도록 하시오. 참고로 진수 엄마에게 읽어보라고 무송 하니 미숙하더라도 참고하여 주시요. 그리고 쓸 줄 모르는 글씨나마 나의 필적이니 받아두기로 하고 액자가 유하면 끼어 두기도 하시오.

2000년 12월4일

고모부 씀

반듯한 궁서체다. 고모부께서 직접 붓으로 편지를 써서 보내온 지 이 십여 년이 다가온다. A4용지에 간단하게 쓴 편지글 한 장과 교재 15장 분량의 붓 편지가 선명하게 남아 있다.

그중 자료 6에 실려 있는 내용은 '한문은 왜 필요한가.'라는 주제에 눈길이 머문다. 당시 나는 초 중학생 논술 수업을 하였다. 아이들 마음은 하얀 색상처럼 순수했다. 일기부터 글짓기,

편지, 기사, 동화 등등 어떤 주제를 주어도 무한한 글이 나왔다. 그렇게 1년 과정이 끝나갈 무렵 동시 수업이 있어 민들레라는 주제를 주고 동시를 쓰라고 하였다. 아이들 대부분은 친구나 어머니를 상대로 동시를 썼다. 그 중 어렴풋이 떠오르는 아이가 있다.

수업 전에는 조용하다가 수업 시간만 되면 옆 친구를 괴롭히고 떠들어서 꾸지람도 듣고 글쓰기를 중단하기도 하였다. 나는 그 그룹의 수업이 있는 날에는 나름대로 스트레스를 받았다. 한 시간 반, 수업하는 동안 그 아이를 잘 다독여야 남은 아이들이 정상적인 수업을 할 수 있었으니 말이다.

그날도 다른 날들과 마찬가지로 민들레의 성장 과정을 설명해주었다. 홀씨 하나로 아스팔트 길 틈새나 시멘트 길 틈 그 어떤 곳에서도 잘 자라는 게 민들레인 만큼 우리 주변에서 민들레처럼 사는 사람을 연상해 보라고 했다. 그런데 그 짓궂은 아이가 글쓰기에 집중하고 조용했다. 수업이 끝나기 전 각자 쓴 글을 발표하는데 그 녀석이 눈시울을 적시고 있었다. 수업 분위기가 차분하다. 그 녀석은 자신의 어머니에 대한 시를 쓴 것이다. 당시 어머니는 영업사원이었다. 초등학교 3학년짜리 남자아이 눈에는 밤낮으로 고생하는 어머니가 안쓰럽게 보였던 모양이다.

그 후 그 어머니는 아들이 쓴 동시를 읽고 가슴이 울컥하였다고 한다. 그래서 다음 날 아들이 쓴 동시를 갖고 출근을 한 것이다. 어머니는 미팅시간에 낭독하다 끝내 눈시울이 붉어졌고, 팀원 모두가 훌쩍이며 말썽꾸러기 아들이 엄마를 이토록 생각할 줄 몰랐다며 감격의 눈물바다가 되었다고 했다.

아이들 수업을 하다 보면 이렇게 작은 일로 보람을 느낀다. 순수하고 예쁜 생각은 무궁무진하다. 그런 아이들에게도 한자를 알아야 설명이 가능할 때가 있다. 국어사전을 보면 우리 글 같은데 그 안에 숨겨진 한자어. 읽고 쓰고 우리 생활에 불편함이 없는 것 같은데 꼭 필요한 게 한자어다. 그래서 아이들 수업을 하며 한자를 많이 익히라고 설명도 해주었다. 그래야 시험을 볼 때 문제의 의도를 알 수 있다고. 나 또한 문학을 하다 보니 한자어를 몰라 답답할 때가 있다. 분명 아는 단어지만 그 뜻이 아리송할 때가 있다. 그럴 때마다 옥편을 찾고 국어사전을 찾아야 하는 번거로움이 있다.

고모부는 그런 내 심경을 조금이라도 아는지 수시로 이런 책자를 보내주었다. 며느리들이 여럿 있어도 유독 내게 보내올 때는 문학을 하는 며느리가 유용하게 사용하지 않을까 해서 일지도 모른다. 그렇게 자상하고 인정 많은 고모부의 붓 편지가 내 서재 깊은 곳에 숨겨져 있었으니 이제는 쉽게 꺼내 볼 수 있는 곳에 넣어 놔야겠다. 그리고 수시로 보면 좋은 자료가 될 것이다.

고모부 살아생전 여러 장의 붓 편지를 받아 읽고, 내가 쓴 글을 보내드린 편지는 몇 통 되지 않는다. 그런데도 고모부는 내가 책을 보내드리면 고모부 서재 중앙에 진열해 두었다. 나도 내 문학의 흔적을 꽂아 놓은 서재에 고모부가 보내온 소중한 붓 편지를 잘 보이는 자리에 넣어둘 참이다.

보이스 피싱

한가로운 아침이다. 욕탕 안에 따뜻한 물을 가득 받아 놓고
여유를 즐기고 있는데 집 전화벨이 울렸다. 물기만 대충 닦아내
고 안방으로 뛰어갔다.

"여보세요?"

"OO네 집이지요? OO이 다친 건 아니고."

하며 바꿔 준다고 한다.

"아들 무슨 일 있어?."

하고 묻자 다급한 목소리로 울먹인다.

"엄마, 여기가 어딘지 몰라."

라는 소리만 들려오더니 수화기를 빼앗아 말을 잇는다. 아들
이 돈을 좀 빌렸는데 갚지 않아서 데리고 있다는 것이다. 그런
아들이 아니라는 걸 잘 알기 때문에 그럴 일이 없다고 했다. 그

랬더니 아들 친구가 돈이 필요해서 보증을 섰는데 외국으로 떠나 대신 갚아야 한다는 말에 다리가 후들거렸다.

당장 삼천만 원을 가져오지 않으면 아들 볼 생각을 하지 말라고 한다. 심장이 쿵쾅쿵쾅 뛰기 시작했다. 제발 아들만 살려 달라고 거기가 어디냐고 묻자 그건 알 것 없고 돈을 요구하였다. 장소를 알아야 갈 것 아니냐고 하니까 얼마나 갖고 올 수 있냐고 한다. 순간 액수를 낮춰도 되겠다 싶어 다 준비한다는 건 힘들고 조금이라도 가져가겠다고 했다. 나머지 부족한 돈은 곧 줄 테니 갚아야 할 돈이 얼마냐고 되물었다.

그들은 삼천만 원인데 이천만 달라고 한다. 그러면서 수화기를 끊지 않았다. 앞이 캄캄하다. 머릿속은 백지장이 되었다. 오로지 아들이 잘못될까 봐 살려야겠다는 것 외에 아무런 생각이 떠오르지 않았다. 중간중간 아들만 무사히 보내 달라고 애원하니까 돈을 가져오라며 협박을 한다. 가져오지 않으면 허벅지 살에 칼로 그어 놓는다는 등 옥상에 올라가 떨어뜨린다는 등 외국으로 데려가 팔아넘긴다는 등 입에 담지 못할 폭언이 이어진다. 조폭 드라마나 영화에서 본 장면을 그대로 내뱉는다. 아들이 그 고통스러운 고문을 당할까 봐 불안에 떨고 있었다. 금방이라도 아들의 몸에 어떤 흉한 짓을 할 것 같아 심장이 벌렁벌렁 뛰었다. 아들 목소리를 다시 들려 달라고 말하니까 심성을 본 것처럼 말한다.

"○○ 이가요. 온실 안에 화초처럼 컸는지 마음이 여리고 착해서 벌벌 떨며 바지에 오줌을 흘리고 있네요."

그러면서 우는 목소리를 잠깐 들려주었다. 온몸이 오싹하여 머리카락이 하늘로 치솟는다. 당장 얼마를 준비해 가면 데려올 수 있냐고 묻자 얼마나 준비할 수 있냐고 한다. 이백 정도 만들 수 있겠다고 하였더니 아줌마들 만나서 점심이나 사 먹으라고 한다. 그래서 애들 아빠 통장에서 일천 정도 찾을 수 있는데 비밀번호를 물어야 한다고 했다. 그는 망설일 것도 없이 아들 만나기 싫으냐면서 입에 담지 못할 험한 말로 위협을 준다. 할 수 없이 그럼 어떻게든 알아서 육백 정도 가져갈 테니 장소가 어디냐고 물었다. 그들은 집에서 은행까지 소요 시간을 묻는다. 급한 마음에 20분 정도 걸린다고 했다. 그랬더니 정확하게 20분 후에 약속 장소로 나오라고 한다.

그리고 내 몸을 보니 옷을 입지도 않은 채 긴 머리는 물기가 묻어 나갈 형편이 아니었다. 옷도 입지 않고 있었으니 나갈 준비만 하더라도 최소 20분은 걸릴 것 같았다. 그래서 시간을 좀 늦추려고 화장을 해야 한다고 했다. 그는 애가 죽을 지경인데 무슨 놈의 화장을 하냐며 다그친다. 나는 차마 옷을 벗고 있다고 할 수가 없어 그렇게 했는데 듣고 보니 그럴 만도 했다. 어떤 엄마가 애를 납치당했는데 화장을 한다는 게 말도 되지 않는다.

다시 시간을 정했다. 양쪽 은행을 가려면 적어도 40분은 걸릴 거라고 했다. 그들은 시간을 잰다면 40분 후 나타나지 않으면 아들을 볼 수 없을 거라며 준비물을 적으라고 한다. 메모지 볼펜 도장 이 세 가지를 꼭 챙겨 오라며 서너 번 강요 했다. 가방 속에 늘 있는 물건이라 그대로 나가려고 현관문을 여는데 메모지를 강조한 게 떠올라 확인하는 순간 보이스 피싱이 아닌가 하는 생각이 들었다. 그런데도 혹시나 하는 마음에 탁자 위에 있는 메모지에 '보이스 피싱 당하고 있습니다.'라고 적고, 아들 전화번호와 이름을 써서 경찰서로 뛰어갔다. 은행에 도착할 때까지 휴대폰을 켜 놓고 있으라고 했으니 어떻게든 아들과 통화를 하기 위해서였다. 휴대폰을 켜 놨으니 말을 하지 못하고 쪽지로 대화를 해야 했다.

경찰서 정문에 들어서며 의경에게 쪽지를 보여줬다. 대신 말은 하지 못하게 손가락으로 내 입을 막고 휴대폰이 켜져 있음을 손짓으로 했다. 내 의도를 알아챈 의경은 경찰서 안으로 안내했다. 정보안전외사과로 안내를 받고 들어서자 남녀 두 경찰관이 있었다. 나는 그들에게 쪽지를 건네주었다. 잠시 후 여경이 나가더니 아들과 통화가 되었는지 집에 있다고 한다. 그런데도 나는 직접 확인을 해야 안심이 될 것 같아 경찰관 휴대폰을 들고 나가 아들과 통화를 했다. 잠결에 받는 목소리로 잠 좀 자게 전화 좀 하지 말라고 한다. 저렇게 편안하게 자고 있는데 나만 두려움에 떨고 있었다. 아들이 집에 있다는 것을 확인한 후에야 보이스 피싱에 속은 나 자신이 부끄러웠으나 안도의 숨을 내쉬었다. 온몸이 풀리는 듯 힘이 쭉 빠졌다. 아들이 집을 나가 따로 살다 보니 이런 일도 있구나 싶었다.

전날, 선생님들과 술자리 간다는 말만 듣지 않았어도 이렇게 놀라지 않았을 것이다. 아들은 독립해서 살아도 웬만한 일정은 알리고 다니기 때문에 대충 알고 있다. 그런데도 돈이 필요한 것은 아니지만 친구에게 빚보증 섰다고 하니까 그럴지도 모른다는 생각에 그만 정신을 잃었다. 여경은 침착하게 잘 대처했다며 긴장된 내 마음을 안심시켰다. 삼천만 원 벌었으니 운이 참 좋은 거라며 마음 푹 놓으라고 한다. 그런데도 나는 마음이 놓이지 않아 휴대폰을 켜 놓은 채 꿈쩍하지 않고 서 있었다. 그때 다른 직원이 휴대폰을 켜 놓으면 서너 번 더 걸려올 테니 받지 말라고 했다. 그 후 경찰의 말대로 세 번 전화벨이 울리더니 그 이상 걸려오지 않았다.

지나고 보니 보이스 피싱이라는 게 확실한데 그 당시에는 아들의 그 울먹이는 목소리가 내 머리에서 떠나지 않았다. 아들의 몸에 흠집이라도 낼까 봐, 아들이 어떻게 될까 봐, 불안한 마음에 당장 현금이 있었으면 갖고 뛰어갔을 것이다. 자식 앞에서는 어떤 부모라도 속지 않을까 싶을 정도였다. 그들의 교묘한 수법에 누구나 당하는 보이스 피싱이다. 그러나 조금만 침착하게 대처하면 피해는 보지 않을 것 같다. 그런데도 당하는 것은 내 자녀의 목소리와 너무도 똑같이 들려온다는 것이다.

쿵쿵 뛰는 심장 소리가 전화를 받는 목소리보다 더 크게 뛰던 그 날 아침의 불안과 초조함 속에 다시 평온으로 돌아왔다.

직무유기

농장에 가려고 집안일을 대충 마무리하고 나섰다. 예쁘고 귀여운 백봉과 청계, 검둥이와 까미가 있어 모이를 주기 위해서다.

반월호수에 가는 버스는 6-1번이다. 20분 간격이지만 기사들의 식사 시간이 겹치면 좀 늦게 온다. 그날도 점심시간쯤이라 평소보다 더 기다렸다. 교통 카드를 운전석 앞 리더기에 댔는데 아무런 반응이 없다. 뒷사람이 올라와 중간에 있는 곳으로 가서 다시 댔지만 역시 무반응이다. 순간 가슴이 철렁했다. 뭔가 잘못됐나 싶어 빈자리에 앉아 휴대폰을 열어 봤다. 그럼 그렇지 카드를 집에 두고 온 것이다. 급한 나머지 가방 속을 다 뒤졌지만 천 원짜리 한 장 없다. 세상에 이럴 수가 있을까. 몸 둘 바를 모르고 있는데 거울에 비친 운전기사는 나를 힐끔힐끔 쳐다본다. 의자 밑이라도 들어가 숨고 싶었다.

할 수 없이 자리에서 일어나 운전석으로 갔다. '기사님 죄송합니다. 제가 지금 카드도 없고 돈도 없어요.' 목구멍 속으로 기어드는 목소리로 어렵게 말했다. 그 말을 들은 기사님은 당황한 내 표정을 살폈는지 자리에 가 앉으라고 했다. 평소에는 뒷자리로 가는데 도저히 얼굴을 들고 갈 수가 없어 앞자리에 앉아 곰곰 생각해봤다. 배낭은 밭에 가는 것으로 바꿔 메었고, 옷은 빨간 바바리에서 베이지색 바바리로 바꿔 입으면서 카드를 두고 나온 것이다. 가끔 핸드백을 바꿔 들면서 볼펜과 기초화장품이 든 작은 파우치를 놓고 나와 입술을 바르지 못하는 날들이 있긴 하지만 참으로 난감했다. 휴대폰 케이스 안에 비상금도 잘 넣고 다니는데 그마저도 없다. 나는 불편한 자리에서 꿈쩍도 하지 않고 종점까지 가기로 했다.

순간 안도의 한숨을 쉬었으나 집에 올 일이 더 걱정이다. 농장에 가서 돈을 빌릴 수도 없고 비상금도 없지 않은가. 시원스럽게 달리는 버스는 반월호수 종점까지 왔다. 나는 내리기 전에 기사님께 내 솔직한 심정을 털어놓았다. 기사님 죄송한데 제가 집에 갈 때도 돈이 없는데 어떻게 해야 할까요. 물에 빠진 놈 건져 놓으면 보따리 내놓으라고 한다더니 내가 그 신세다. 교통비를 빌려 달라고 하고 싶은 마음은 입안에서 뱅뱅 도는데 차마 그 말을 하지 못했다. 그래서 들고 있던 '한국수필' 10월호를 드리며 '이 안에 제 글이 실려 있으니까 읽어 보세요.'라고 했다. 그리고 갈 때를 걱정하였더니 몇 시에 가는지 자신의 차를 타라고 한다. 구세주를 만난 기쁨이 이런 걸까. 일단 집에 갈 일은 안심되었다. 농장일이라는 게 정해진 것이 아니지만 왕복 버스 요금은 꼭 챙겨드리겠다는 약속과 함께 버스에서 내렸다.

농장은 평화롭다. 귀여운 동물들 밥을 주고, 싱싱하게 자라는 여러 가지 채소들을 보며 시간 가는 줄 모르고 돌아다녔다. 파란 하늘에는 흰 구름만 간간이 떠다니고 밭 주변에는 색색의 국화꽃이 활짝 피어 은은한 향기를 내 뿜고 있다. 그 꽃향기 속에는 벌들이 날아들고, 여치와 사마귀도 풀잎 위에서 낮잠을 자는지 가만히 누워있다. 꽃들이 진 나무에는 탱탱한 씨앗들이 여물어 있으니 익어가는 가을과 함께 집에 갈 일을 잊고 있었다. 그렇게 얼마나 지났을까. 농장 일을 마무리하고 정류장으로 나왔다. 오전에 타고 온 그 기사님을 만나야 한다는 불안한 마음이다.

반월호수 둘레는 코스모스 꽃길이다. 방글방글 웃고 있는 꽃들이 몸을 굽혀 인사를 한다. 가을에 피는 여러 종류의 꽃들이 여기저기 피어 있다. 비염에 좋다는 보랏빛 쑥부쟁이꽃이 가냘픈 모습으로 흔들거리고 그 옆에는 노란 씀바귀꽃과 망초꽃이 앙증맞게 피어서 인사를 한다. 간간이 날아다니는 고추잠자리 떼와 둥실둥실 떠다니는 하얀 뭉게구름이 동화 속의 풍경처럼 호수 속에 풍덩 빠져 수영하듯 흔들거린다. 단돈 천 원짜리 한 장 없는 내 마음도 모르면서.

종점에서 한 정류장 걸어오며 이런저런 생각을 한다. 잔잔한 물길 옆으로 천천히 걸었다. 정류장에 도착하자마자 마을버스가 왔다. 문이 열리고 한 발 올라서서 보니 오전에 그 기사가 아니다. 나는 조심스럽게 사정 이야기를 하고 양해를 구했다. 하지만 냉정하게 거절하며 오전에 그 기사의 차를 타거나 돈이 없으면 내려서 걸어가라고 한다. 창피하기도 하고 자존심도 강한 나는 두 말도 하지 않고 당당하게 내렸다. 그리고 집까지 걷기로 마음먹었다. 시간 내어 운동도 하는데 그까짓 것 하는 마음이다. 반월호수에서 산본역까지 넉넉하게 두 시간이면 되겠지. 혼잣말로 중얼거리며 서너 정류장을 걸어오는데 맞은편에 마을버스가 오고 있다. 반가움과 두려움에 기사님의 모습을 살폈더니 오전에 탄 기사님 같아서 정류장 의자에 털썩 주저앉았다.

　'휴' 하고 안도의 숨을 내쉬며 편안하게 앉아 주변을 살폈다. 한참 후, 버스가 왔다. 불안한 마음으로 한 발 오르는 순간 온몸에 쥐가 나듯 굳었다. 좀 전의 일 때문에 주눅이 든 나는 어렵게 입을 열었다. 기사님은 썩 내키지 않는 표정을 짓더니 올라오라고 한다. 등에는 식은땀이 줄줄 흘러내렸다. 나는 죄를 지은 사람처럼 뒷자리로 가서 앉았다. 그리고 생각했다. 마을버스를 탈 일이 별로 없지만 빚을 갚으려면 꼭 타야 했다. 그래서 '최귀환'이라는 이름을 수첩에 적어 놨다. 언젠가 만나면 꼭 드려야 하기 때문이다.

그 뒤 나는 왕복 교통비 2,500원의 빚을 갚기 위하여 몇 차례나 마을버스를 탔다. 그러나 운도 없이 매몰차게 내리라고 한 기사님만 만났다. 직접 찾아가면 불이익을 당할까 봐 찾아가지도 못하고 가슴앓이만 했다. 마을버스 세 대가 오고 가는데 그분의 운행 시간을 피해서 탄 모양이다. 그래서 빚을 갚아야 한다며 걱정을 하였더니 카드를 두 번 찍으라고 한다. 그렇게라도 빚을 갚고 나니 마음이 한결 편안했다.

그날 그 버스 기사가 나를 무임승차를 시켰다면 회사에 피해를 주었으니 직무유기인가. 내 이야기를 들은 지인이 신문 기사에서 읽은 내용을 말해주었다. 직행 버스 기사가 단돈 300원을 자신의 주머니에 넣었다가 해고당했다는 이야기다. 그 일을 맡은 판사는 기사의 부정으로 판단하고 적은 돈이라도 죄라며 회사 측에 손을 들어주었다고 한다. 그 기사를 보며 회사 측이나 판사 놈이나 같은 놈들이라는 생각에 마음이 아팠다고 한다. 그러면서 당시 기사 내용이 씁쓸하였는데 내가 탄 버스 기사의 훈훈한 정에 감동이라고 한다. 그는 말했다. 좋은 사람을 찾으려고 하지 말고 내가 먼저 좋은 사람이 되도록 노력하며 살자고. 그 한마디 말에 미소가 머문다. 훈훈한 정을 얻는다.

후배의 손편지

메일을 열었다. 몇 개의 메일이 눈에 들어온다. 친구, 지인들, 문예지 그중 유독 눈길이 가는 것은 '아이들과 미래'라는 기부 단체이다. 그 안에는 고향에서 보내온 후배의 손편지가 삐뚤삐뚤한 글씨로 나를 반긴다.

지명이 넘다 보니 동창들이 그리울 때다. 불혹의 중반부터 만나기 시작한 동창들은 사업가로, 판검사로, 예술가로, 자영업, 공무원 일반 회사원 등등 다양한 직업들을 갖고 있다.

한 친구는 '아이들과 미래'라는 기부 단체에서 사무장을 맡고 있다. 그리고 동창회 회장은 개인 사업을 하면서 친구의 깊은 뜻을 알고 모교에 장학금을 전달하자는 의견을 내세웠다. 가정 형편이 어려워 만학의 꿈을 포기하는 후배들에게 우리의 작은 마음을 모아주자는 취지였다. 그 의견이 모두 반영되지 않았지만 뜻있는 친구들이 성의껏 통장을 개설하기로 하였다.

기부 단체에서 사무장을 맡은 친구는 큰돈으로 한 두 명이 마음을 주는 것보다 1인 1통장, 1만 원이라도 여러 명이 동참 해주기를 원했다. 즉석에서 십여 명이 통장을 개설했다. 금액은 만원부터 자유롭게 자동납부를 하기로 했다. 그리고 사업하는 친구들은 연말이 되면 큰돈으로 보내준다. 나 또한 힘을 주기 위해 통장을 개설했다. 그렇게 시작하여 몇 해의 세월이 흘렀지 만 적은 돈이라 까맣게 잊고 사는데 후배의 정성 어린 손편지 가 가슴을 뭉클하게 한다.

선배들이 준 장학금으로 본인이 좋아하는 영어책을 사서 많이 읽었더니 문장력과 어휘력이 좋아졌고 모르는 단어도 알게 되었다고 한다. 또 천문학을 좋아하여 그에 관련된 책을 사서 읽었더니 우주에 관한 내용을 쉽게 접할 수 있어서 고맙다는 내용이다. 그리고 가스레인지도 사고 냉장고 살 때도 조금 보탰 다는 내용이다. 월 30만 원을 주는데 책과 생필품을 사서 야무 지게 이용한다는 게 기특하고 가슴이 찡해왔다. 그리고 덧붙인 것은 불우한 이웃을 위하여 도와주는 분들은 나라에서 지원해 주나요? 하고 되묻는 순수한 아이의 마음이 이 가을 곱게 물든 단풍잎보다도 더 곱게 느껴졌다.

충남 서천군 판교면에 있는 판교중학교 1학년 1반 2번 김지 빈! 그 이름만 들어도 가슴이 뭉클해진다. 아니 눈시울이 뜨거 워진다. 작은 배려에 이토록 고마워하는 어린아이의 순수한 마음이 내 마음을 부끄럽게 한다. 이 좋은 일을 하자는데 불평한 적이 있기 때문이다. 폐교되기 직전인 학교에 장학금을 전달한 다는 게 무슨 의미가 있을까 싶었는데 막상 통장을 개설한 이후 그런 마음은 사라졌다.

그때 부정적이었던 것은 산본 신도시로 입주하면서 내가 속한 BBS라는 단체에서 1:1 자매결연을 맺었던 몇몇 아이들 부모 때문이었다. 당시 우리는 고아원에 방문하여 그 아이들이 필요한 물품을 사다 주었다. 그리고 일부는 그 아이들에게 봄, 겨울로 장학금도 전달하고 다달이 가정 방문도 하여 쌀을 전달하였다. 또 재능 있는 회원들은 그 아이들에게 수학 문제도 풀어주고 피아노 레슨도 지도해주었다. 그런데 내가 방문한 아이의 할머니는 하나를 갖다 드리면 두 개를 요구하여 돌아서는 발길이 무거웠다. 그런 슬픈 기억에 봉사라는 단어를 멀리하게 하였는지 모른다. 그러나 후배의 정성 어린 손편지를 읽으며 모든 것을 잊게 한다. 오히려 나 자신을 부끄럽게 하고 나눔의 기쁨을 일깨워 준다. 나에게는 별것 아닌 것이 누군가에겐 소중하다는 것이 곧 사랑이고 나눔이라는 것을 가르쳐준다.

이른 시간 뜻밖에 받아본 후배의 손편지. 이 어설픈 편지 속에는 차갑게 다가올 겨울도 훈훈하게 한다. 만원이라는 적은 돈이 이렇게 크게 느껴질 줄 누가 알았을까. 그런데 이런 좋은 일에 앞장섰던 동창회장이 사고로 인하여 우리 곁을 떠났다. 친구들의 반대에도 굴하지 않고 오로지 자신의 의지대로 추진하던 모습이 떠오른다. 친구는 무엇을 바라지 않았다. 자신이 어려웠던 시절을 생각하며 어려운 후배들을 도우려던 친구였다. 그 친구가 이렇게 정성 어린 편지를 받아보았다면 얼마나 뿌듯하였을까? 한없이 선하고 조용히 살다간 친구. 매사에 어떤 일을 하더라도 신중하게 생각하고 결론을 내리던 친구였기에 우리는 그가 타살이라고 믿는다.

처가 식구와 함께한 자리. 저녁을 먹고 처형과 함께 산책길에 나섰다는 친구다. 친구를 좋아하여 술자리는 자주 가져도 취할 정도로 마시지 않았다. 작은 일도 꼼꼼하게 생각하고 결정하는 성격이다. 친구의 차를 타보면 먼지 하나 없을 정도로 늘 정리 정돈이 잘 되어있는 깔끔한 성격이다. 그런 친구가 처형과 함께 그것도 한밤중에 바닷속으로 들어간 이유는 무엇일까. 같이 간 처형은 나왔다는데 남자인 친구가 나오지 못하였다는 건 이해할 수 없는 일이다. 밀물과 썰물 시간을 모르지도 않았을 것이다.

그렇게 예상하지 못한 친구의 죽음은 물증 없는 심증만이 우리의 가슴을 더 아프게 했다. 자신의 펜션 앞바다에서 끝내 나오지 못했다는 것은 누구도 믿지 못할 사건이다. 제부도 앞 그 넓은 바닷물이 야속하기만 하다. 우리는 그 어떤 사실을 밝히지도 못하고 좋은 친구를 먼 여행길로 보내야 했다. 사건에 대하여 알 수 있는 게 없다. 하나부터 열까지 의문투성이지만 해결해 줄 방법이 없어 마음이 아팠다.

친구들을 만나면 금방이라도 환한 미소 지으며 나타날 것만 같다. 소주 한 잔 따라주며 '건배.' 하고 조용히 말할 것 같다. 부리부리한 눈빛이지만 여성처럼 얌전한 친구였다. 입가에는 늘 환한 미소가 자리했고 선한 눈빛에서 편안하고 좋은 기억만 남겨 주었다. 그래서일까, 아직도 그가 우리 곁에 있다고 생각한다. 친구들을 만나면 그와 함께한 시간이 필름처럼 스쳐 간다.

메일로 받아본 후배의 손편지를 읽으며 친구의 얼굴이 떠오른다. 조금만 더 일찍 이 글을 보내왔더라면 얼마나 좋았을까. 수줍은 표정으로 미소 지으며 이 편지를 읽었겠지. 이 소중한 편지가 하늘나라로 간 친구에게 전달되면 좋겠다.

허전했던 친구의 빈자리를 후배가 보내온 훈훈한 손편지로 대신한다. 그런 후배가 있어 마음 뿌듯하다. 이제 친구가 남겨 놓은 후배들에 대한 깊은 애정을 남아있는 우리가 하나하나 채워줘야겠다.

보물 상자

산본 E-마트 옆 야외무대 뒤편에서 아이들 웃음소리가 새어 나온다. 지난해까지만 해도 이곳은 인공분수대가 대형 벽면처 럼 설치되어 시원스럽게 물줄기를 뿜어대던 곳이다. 그런데 분 수대는 잠을 자고 그 주변으로 굽이굽이 도랑물이 흐르고 있다. 시골 냇가를 연상하여 만든 작은 물줄기는 도시 아이들의 흥겨 운 놀이터다.

무대 앞에는 째즈음악의 흥겨운 노랫소리가 흘러나와 지나가 는 관객들을 불러 모은다. 땀을 뻘뻘 흘리면서 멋진 연주와 노 래로 화려하게 장식하고 있다. 나는 그곳을 취재하려고 나와서 사진 몇 컷 찍고 주변을 돌아본다. 찜통 같은 더위를 피해 나온 사람들과 시장을 보러 나온 사람들로 북적거린다. 그들은 주최 측이 마련한 좌석에 앉아 조용히 음악 감상에 빠져 있다.

도시 한 복판 나무 그늘에 꾸며진 무대와 풀장이 어우러진 곳이다. 군데군데 놓여있는 통나무 의자는 오고 가며 쉬어가기 좋은 휴식공간이다. 그곳에 앉아 있는 이들을 가만히 바라본다. 걱정근심 하나 없는 베짱이가 따로 없다.

무대 뒤편 인공분수대가 있던 자리에 항아리 몇 개가 나란히 놓여있다. 시골 뒤뜰에서 본 듯한 장독대 항아리처럼 큼지막한 게 포근한 엄마를 닮았다. 간장 된장 소금 고추장 순으로 놓여 있는 듯한 항아리 옆에는 아기자기하게 꾸며진 고가의 풀장이나 다름없는 곳에 도랑물이 흐른다. 그 속에서 물장구치며 수영하는 꼬마들을 보니 내 어릴 적 냇가에서 놀던 때가 그립다.

점심을 먹고 더위를 피해 논두렁길로 나섰다. 낮은 도랑물이 졸졸 흐르는 물줄기를 따라가면 큰 웅덩이가 나온다. 우리는 그 물을 보고 '보통'이라고 했다. 그곳에서 흘러내리는 물은 저수지로 이어진다. 비료 포대 하나 들고 배꼽 정도의 물이 있는 곳에서 수영하며 놀았다. 튜브가 없으니 비료 포대에 바람을 넣어 물 위에 띄워 놓고 올라가면 몸이 둥둥 떠서 신이 난다. 그렇게 놀다 보면 짓궂은 남자아이들이 다가올 때가 있다. 갑자기 들이닥친 일에 숨을 곳이라고는 수양 버드나무 아래였다. 논둑에 옷을 벗어놨으니 그늘 밑에 숨어서 이러지도 저러지도 못하고 끙끙댔다. 팬티 차림으로 나갈 수도 없고, 빨리 가라고 소리를 지르면 우리가 있는 곳으로 돌멩이만 툭툭 던졌다. 그때 그 장면을 떠올리다 보니 입가의 미소가 떠나지 않는다.

물속에서 신이 난 아이들과 내 어릴 적 아름다운 장면들이 새록새록 교차한다. 저 아이들도 훗날 이 아름다운 장면을 추억으로 간직하고 살까. 도시 한 복판에 있는 작은 수영장에서 남녀 구분 없이 팬티차림으로 즐기고 놀았던 이 장면을. 그것도 대형쇼핑센터 앞이 아닌가. 사람들이 오고 가는 이 거리에서.

시대의 흐름은 작은 공간도 이렇게 멋진 수영장으로 만들어 놓았다. 도시를 떠나지 않고도 이처럼 훌륭한 야외 수영을 즐기는 아이들이 부럽다. 적어도 이 아이들에겐 돌멩이를 던지는 일도 없고, 벌거벗은 몸을 훔쳐보는 이도 없지만 이 순간의 추억은 오래 기억될 수 있을 것이다. 내가 뜨거운 햇살 피하려고 비료 포대 하나 돌돌 말아 들고 친구들과 함께 논두렁길을 찾아 나선 것처럼 말이다. 조금 다른 게 있다면 이 아이들은 사람들이 북적거리는 도심 속에서 부모님 손을 잡고 나왔다는 것이다.

내가 다닌 논두렁과 길 사이, 작은 냇가에는 여러 종류의 물풀이 있었다. 물 위를 파랗게 장식한 개구리밥 물달개비 물수세미 자라풀 부들 등등 여러 종류의 물풀들이 살고 있다. 우리는 그 속을 헤집고 다니며 놀던 붕어 미꾸라지 피라미 송사리 물방개 소금장수 등등 잡았다. 물속에 살고 있던 물고기들은 살아 있는 우리의 장난감이었다. 재수 없는 물고기만 한낮에 잡혀 괴

로움과 곤욕을 당했다. 때로는 해부를 한다고 개구리 다리를 벌려도 보고 지그재그 춤을 추듯 그렇게 짓궂은 장난 하며 놀다가 목숨을 잃은 곤충이나 물고기도 있었다. 그때는 그런 장난이 왜 그렇게 좋았을까. 그렇게 당한 물고기의 마음도 모르고 나만 즐거우면 만족했던 것 같다.

그렇게 놀다가 돌아오는 길에 물고기 몇 마리 잡아 온다. 붕어가 한 마리 잡히는 날은 횡재라도 한 것처럼 웃음 가득 신이 나 있었다. 물고기를 잡을 때는 남녀 구분이 없었다. 남자들은 물풀 속을 휘젓고 다니며 물고기를 몰아주었고 우리는 그 밑에서 그물이나 얼랭이를 들고 내려오는 물고기를 잡았으니 그 얼마나 흥겨운 일인가.

우리가 수영할 때, 남자아이들이 나타나면 꼼짝하지도 못했지만 요즘 아이들은 누가 남자이고 여자인지 행동으로 봐서는 분간하기 어렵다. 다만 이 아이들이 노는 이곳도 야트막한 물속이요 내가 놀던 그 냇가도 야트막한 물 속이라는 것만 같을 뿐이다.

해맑은 아이들을 물끄러미 바라본다. 참으로 행복한 표정이다. 순간 어릴 적 물장구치고 놀았던 일들을 떠올려 본다. 시골 냇가에 있던 보통(둠벙)은 물이 얕아서 빠질 염려도 없고, 놀이기구 하나 없어도 즐거웠다. 짓궂은 남자아이들의 장난도 미소를 짓게 한다. 그런 아름다운 추억이 있었기에 친구를 만나면 그때 그 이야기를 들추어낸다. 새록새록 쏟아져 나오는 이야기

속에는 누가 먼저랄 것도 없이 개미의 행렬처럼 줄줄이 이어진다. 소녀 소년들의 마음속에 깊이 넣어둔 보물 상자에서 귀한 물건을 찾아내는 것처럼.

수첩 앞에 멈춰 서서

― 신숙영 수필 세계를 만나다

배 준 석
시인 · 문학이후 주간

자세를 바로잡으며

신숙영은 『표정읽기』 『말강구』 이후 세 번째 수필집을 상재
한다. 어느덧 수필계에서 쌓은 이력이 중후한 멋을 내고 있다.
그만큼 열심히 쓰고 많은 생각으로 소소한 주변 일에 애정의
시선을 보냈다는 증거이다.

글 쓴다는 것은 겉멋 때문도 아니고 이름을 널리 알려 유명
세를 누리려고 하는 일도 아니다. 차분하게 삶을 관조하고 사람
살아가는 이치를 밝히며 그 안에서 잔잔한 감동과 인정 어린
모습을 찾아내 주변 사람들과 공유하는데 그 이유가 있다. 글

쓴 사람의 마음만큼, 읽는 사람들이 느끼는 가슴만큼 그 이상, 그 이하의 의도도 개입할 필요가 없다. 수필의 경우가 특별히 그렇다.

그 사이로 요란한 모습과 현란한 이력이나 여기저기 얼굴부터 내미는 일은 경계해야 한다. 수필은 일차 쓰는 일이 중요하고 그 다음은 차분하고 섬세한 마음가짐이 중요하다. 경쟁이 필요 없고 우열을 다툴 필요도 없다. 나름의 개성과 나름의 목소리와 나름의 애정이 살아있으면 된다.

신숙영은 그러한 관점에서 보면 나름 자신만의 수필 세계와 자신만의 목소리를 살려가며 꾸준히 글을 쓰고 있다. 마치 일기 쓰듯 많은 글 속에서 함께하고 싶은 이야기를 별도로 꺼내 한 편, 한편 수필로 만들고 있다. 이러한 일은 수필 쓰는 사람에게 필요한 덕목이다.

크고 요란한 소재는 수필에서 감당하기 어렵다. 주변에서 만날 수 있는 자잘한 일상적인 소재에 혼을 불어넣는 일이 수필가의 몫이다. 그 일을 꾸준히 수행하고 있는 신숙영의 수필 세계를 같은 보폭으로 걸어 들어가 본다.

수첩과 함께 걷다

수첩에 적어놓는 메모는 사소한 것들이다. 건강이나 요리, 상식에 관한 메모는 생활에 도움이 되고, 어원이나 명언 같은 단어에는 창작 활동에 보탬이 된다. 이렇게 잔잔한 메모는 세월이 흘러가도 변하지 않는다. 게다가 수첩에 적혀 있는 전화번호와 명언들을 쉽게 찾아볼 수 있어 편리하다. 제아무리 문명이 발달하더라도 수작업으로 정리한 것에는 당할 재간이 없다. 휴대폰에 저장된 메모는 버튼 하나 잘못 누르면 순식간에 지워지는데 수첩에 써 놓은 메모는 그럴 일이 없어 안심이다.

—「수첩이 걸어간다」에서

신숙영 수필 창작의 원천은 바로 수첩이다. 그곳에 그때그때 메모한 것이 수필의 밑바탕이 되고 있다. 갈수록 바쁘고 잊어버리고 정신없이 돌아가는 시대에 메모는 지나가는 사물을 붙잡아 주고 떠나가는 생각을 재생시키며 한계를 뛰어넘어 무한의 기억까지 살려준다. 그뿐 아니다. 든든한 씨앗이 되어 의미가 마련될 때까지 힘을 북돋아 주기도 한다.

메모라는 것은 여러 가지 계획들을 정리하는 것도 재미있고, 다 쓴 수첩을 보관해 두는 것도 재미있다. 어떤 수첩을 받았느냐는 중요하지 않다. 수첩 안에는 수없이 많은 일이 다 살아 움직이고 있다. 슬픈 사연도 기쁜 사연도 함께 가는 길이라면 사뿐사뿐 걸어가듯 남겨진다. 수첩에 적힌 글자들이 도란도란 앉아 있는 모습을 보면 사이좋은 친구처럼 보인다.

—「수첩이 걸어간다」에서

메모의 매력을 느끼고 있다는 것은 메모를 사랑한다는 것이고 그 사랑은 이미 일상화되어 있다는 말이다. 마치 연인과 같이, 친구와 같이 수첩과 가까이 지내고 있다는 고백에서 신숙영의 글쓰기가 어떻게 이뤄지고 있는지 여실히 살펴볼 수 있다. 죽어 있는 글이 아니라 글자 자체가 살아있고 갖가지 사연도 친근하게 어울려 서로 연결되고 보완하며 분위기를 맞추고 있다는 것이다.

대중교통을 잘 이용하는 나는 버스 안에서 일어나는 일들도 수첩 안에 메모하는 버릇이 있다. 학생들이 주고받는 대화나 어르신들이 나누는 이야기를 듣다 보면 적고 싶을 때가 있다. 어른들 사연 속에는 살아가는 지혜로움이 있는가 하면, 학생들 대화에는 별일 아닌 것에 웃음이 절로 나온다.

— 「수첩이 걸어간다」에서

소재를 크게 보고 크게 생각하면 한도 끝도 없을 만큼 커진다. 하지만 다시 작은 생각으로 섬세하게 다가가면 의외로 다정하게 만나게 되는 것이 많다. 이때 수필 세계가 차분하게 때로 감동스럽게 만들어진다. 버스 안에서 만나는 소소한 서민들의 살아가는 이야기를 메모한다는 것은 그런 의미에서 극히 수필적인 일이다.

큰일은 요란하며 그 사이로 챙겨야 할 일들이 빠져나가기 일쑤이다. 결국 큰 것으로는 작은 것도 건져내기 어려운 경우가 생기게 된다. 그러나 반대로 작은 일들은 오히려 큰 의미를 만들어 놓는 데에 효과적이다.

「수첩이 걸어간다」는 제목은 수첩과 화자가 같이 살아간다는 이야기이다. 그만큼 메모하며 일상과 가까이 지내는 신숙영의 자세는 고무적이다.

가치를 알고 있다

"너, 저 베솔 갖고 싶지?" 하고 넌지시 물었다.
　그 말을 얼마나 기다렸던가. 대답 대신 눈웃음만 살짝 띄웠는데 엄마는 낡을 대로 다 낡은 베솔을 예쁘게 포장해서 짐 보따리에 넣어준다. 돌아오는 길이 흐뭇했다. 엄마의 유물 하나를 내가 간직할 수 있다는 것도 뿌듯하지만 어려웠던 시절 가족의 생계를 책임졌다 해도 과언이 아닌 베솔이기에 더 그랬다.

— 「베솔」에서

　베솔은 요즘 사람들에게 낯설다. 그만큼 근대 유물로 가치를 따질 정도이다. 그 베솔을 간직하게 된 것에 대해 흐뭇하게 생각하며 글까지 쓴 것이다. 그만큼 관심이 많고 그만큼 얽힌 사연이 많기 때문이다. 그것도 진하게 살아온 집안 이야기다. 이미 베솔은 제유 역할을 감당할 수 있는 기막힌 소재이다. 엄마 손때가 묻은 베솔을 물려받는다는 것은 여기서 중요한 의미가 된다. 막대한 유산을 물려받은 것을 자랑하는 것이 아니라 다 닳은 볼품없는 작은 베솔과 그 안에 자리하고 있는 힘들었던 시절의 가치를 신숙영은 이미 알고 있는 것이다.

  한겨울 할머니와 엄마의 부업으로 모시 쪼개기와 삼기는 가족의 생계였다. 시골에서 하는 부업으로 고가의 수입이었다. 돈이 급하면 삼지 않은 태모시를 내다 팔았고, 돈이 급하지 않으면 겨우내 삼아 놓은 모시를 이른 봄 베틀에 앉아 천으로 짜서 내다 팔았다. 물론 그 일도 엄마 몫이었다.

— 「베솔」에서

  길을 걷다가 문득 제자리에 서서 무언가 유심히 쳐다보는 사람이 수필 쓰는 사람이다. 스쳐 지나가다 만나는 작은 일에도 눈길이 오래 머물고 귀를 세우며 대단한 일인 양 관심 보이는 사람이 수필가이다. 수명이 다되면 내다 버리는 것이 일상이고, 그래서 쓰레기가 흘러넘치고 3, 40년 전 생활용품이 문화재가 되는 시대에 베솔이야 말로 한 집안의 내력을 알고 있는 귀중한 유물이다. 이 시대 문화재적인 가치도 충분하다. 그 잊혀진 베솔을 찾아 독자 앞에 내놓은 신숙영의 모습도 문화재급이다.

  엄마의 베솔은 지금 우리 거실에 놓여있다. 내가 아끼는 다듬잇돌 위에 말과 됫박이 있는데 그곳에 베솔도 얌전히 앉아 있다. 어려웠던 시절을 도란도란 이야기하는 것처럼 고만고만한 물건들이 모여 있는 게 보기 좋다. 이 광경을 볼 때마다 이른 봄, 하얀 모시를 마당 한가운데에 길게 펼쳐 놓고 풀을 발라 삼았던 일이 그리워진다.

— 「베솔」에서

시골에서 긴요하게 사용하다 낡아진 베솔이 이제 도시 속으로 나와 아파트 거실에 보란듯이 자리 잡고 있다. 분위기가 맞는가. 옆의 번쩍이는 TV와 냉장고, 에어컨 등 기계문명과 대비되는 모습이 그려진다. 그러한 풍요를 쌓고 사는 현대의 모습도 다 저 베솔과 같은 시절을 이겨내고 그 힘든 노동의 과정을 지나오며 만들어진 것이다. 이때 과거는 현재 우리 살아가는 모습을 비춰주는 거울이 된다. 혹 어려운 일이 생겼을 때 베솔을 보며 꿋꿋한 마음 다짐도 할 수 있다. 그렇다면 베솔은 당당하게 거실 한 곳에서 일손 멈춘 주름진 엄마처럼 쉬고 있어도 그 자체로 빛을 발하게 되는 것이다. 그것만으로도 가치와 의미는 충분하다.

그 젊은 날의 엄마는 어디 갔을까. 그리도 곱던 엄마 얼굴에도 낡음낡음한 베솔처럼 잔주름이 패 있고 낡고 낡은 솔의 끝자락처럼 몸도 점점 작아지고 있다. 시골에서 농사를 지었어도 그토록 뽀얀 피부가 이제는 거무튀튀한 베솔처럼 잔뜩 그을려 있지만 나는 그런 엄마의 긴 세월을 그대로 내 안에 꼭 담아둘 참이다. 저 솔이 세월의 흐름에 있어 아무런 쓸모가 없게 된 지금도 내게는 소중한 물건이 된 것처럼.

— 「베솔」에서

베솔을 통해 신숙영은 마음의 깊이와 시선의 그윽함, 옛것에 대한 애정과 관심을 통해 사라지는 것들에 대한 소중함을 밝히고 있다. 또 이에 대한 스스로 글 쓰는 이유와 답을 의미로 내놓고 있다.

소소함 속에서 찾아내다

그녀에게 이의 신청서를 써달라고 했다. 고지서를 두 번 보냈으나 납부가 되지 않아 과태료가 붙어있으니 감면을 해주려는 참이다. 이름, 전화번호, 연락처, 그리고 신청 사유라는 내용을 간단히 적어 달라고 했다. 그녀가 난감한 표정을 지어 고지서를 받았는지 못 받았는지 간단하게 써달라고 했다. 신청서 사유를 보니 '몰낫씀, 직원이 여러명이기애.'라고 솔직하게 적어놓았다. 살짝 웃음이 나왔으나 꾹 참았다. 2건에 대한 원통행료 1,800원만 받았더니 고맙다며 꾸벅 인사를 한다.

— 「까막눈」에서

신숙영은 직장인이다. 근무하다 생기는 일들도 소재가 된다. 맞춤법을 틀리게 쓴 사람 이야기이다.

차량번호에 나오는 주소가 '농업회사법인 OO주식회사'라고 쓰여 있다. 미납 조회를 하다 보면 이와 비슷한 문구가 종종 눈에 뜨인다. 가끔 그게 궁금하였다. 수수하게 보이는 그녀는 김치공장을 운영한다고 한다. 화들짝 놀라 다시 보았다. 곤색 작업복 잠바에 시골 아줌마 파마머리다. 사장님이라는 게 믿어지지 않는다. 게다가 손가락 마디마디가 뭉퉁뭉퉁한 옹이 모양이 붙어있어 안쓰럽게 보인다.

저 뭉툭한 손으로 쉬지 않고 일을 하여 직원 서른다섯 명이나 먹여 살린다고 한다. 대단하다. 그 시절이라면 공부를 하고 싶어도 돈이 없어 학교에 가지 못했을 것이다. 배움의 길이 짧아 한글을 잘 모르고 문법은 틀려도 계산만큼은 정확하다.

수 개념이 뚜렷한 그녀가 말했다. 직원들 배 굶기지 않는 게 인생철학이라고. 직원들이 마음 편안해야 본인도 편안하다고. 그러면서 직원들이 움직이며 발생한 미납을 말끔히 정리한다. 억척스럽게 살아온 칠십 대 여사장은 흐뭇한 마음으로 뒤뚱뒤뚱 오리처럼 걸어 나간다. 그 뒷모습을 한참 동안 바라보았다. 칠흑 속에 빛나는 별빛보다 더 밝고 아름답다.

— 「까막눈」에서

맞춤법 틀린 것이 무슨 대수인가. 공부 못한 것이 죄가 되는 일인가. 가난 때문에, 아니면 다른 집안 사정으로 공부를 못한 안타까운 일이 있었을 것이다. 이때 공부 많이 하고 나쁜 일 많이 하는 것보다 공부는 못했어도 정직하게 열심히 일하며 살아가는 사람의 손을 신숙영은 번쩍 들어준다.

살다 보면 배움이나 학벌도 중요하지만 어떤 사고를 갖고 살아가느냐가 더 중요하다고 생각한다. 누구나 자신만의 철학이 있다. 학력이 좋다고 해서 성공하는 것도 아니고 학력이 낮다고 해서 못사는 것도 아니다. 성공한 사람들 대부분을 보면 신뢰를 가장 중요시했다. 성실한 마음과 겸손한 마음으로 기업을 이끌어 왔기에 성공할 수 있었고, 따뜻한 사회가 이루어졌을 것이다.

— 「까막눈」에서

글 모르는 까막눈이 오히려 순수하고 맑고 밝게 빛나고 있는 장면을 포착하고 있다. 공부를 한다는 것은 나보다 힘들게 살아가는 사람들을 위해 활용해야 한다. 그런데 공부 많이 한 사람들로 넘치는 이 시대가 왜 더 삭막하고 살벌해 졌는가. 그 많이 배운 것을 나만을 위해 사용하기 때문이다.

여기서 김치공장 사장은 힘들게 일하는 종업원들이 잘살 수 있도록 행동으로 보여주고 있어 또 다른 감동을 자아낸다. 사람은 꼭 공부만이 아니라 자기 위치에서 자기 능력껏 주변을 밝히는 것이 중요하다. 그러한 일은 실천으로 증명할 때 더 아름다워진다.

낯선 곳에서 낯설게 만나다

가을 산에 가면 유독 빨갛게 물들어 있는 옻나무과의 붉나무는 일명 소금이 열리는 소금나무라고도 불린단다. 바닷가에서 거리가 먼 산골 마을 사람들은 소금이 귀하기 때문에 이 열매를 따다가 절구통에 넣고 찧어서 물에 주물러 그 물로 두부를 만드는 간수로 사용했다는 것이다. 그리고 그 물을 열무김치에 버무려 밥을 비벼 먹으면 맛이 일품이었다는 것이다.

— 「오배자나무」에서

여행은 낯선 곳에서 낯선 풍경과 낯선 이야기를 만날 수 있다. 글 쓰는 사람들은 그래서 여행을 떠나야 한다. 집에서는 열심히 읽고 쓰는 일에 매진하고 나가서는 직접 만지고 체험해야한다. 이러한 일이 일상화되었을 때 글 쓰는 자세가 잡힌다. 신숙영은 이번 수필집에서 여행 다니며 쓴 글을 상당 부분 보여주고 있다. 여행은 가깝고 먼 것이 중요하지 않다. 꼭 유럽으로떠나야 할 일도 아니다. 조건에 맞게 내가 관심 있는 부분을 만날 수 있으면 된다. 꼭 가고 싶은 곳도 왜 가야 하는지, 그 이유를 자문하며 문학적 의도로 접근하면 좋다.

충남 서천 바닷가에서 태어난 나는 소금이 그렇게 귀한 줄은 모르고살았다. 장독대 큰 항아리는 소금이 가득 있었고, 바다에 나가면 염전도있었기에 떡판 같은 염전에 하얀 소금을 산더미처럼 쌓아놓은 장면은 보았어도 붉나무를 잘라 소금 대신 사용한다는 것은 처음 알았다. 할아버지 이야기는 우리의 발길을 머물게 한다. 옻나무로 착각하고 가까이 다가가지도 못한 채, 주렁주렁 매달린 나무의 열매가 아무짝에도 소용없는줄 알았는데 보릿고개 그 어려운 시절 식탁에서 환영받은 것이다.

— 「오배자나무」에서

들고도 금방 잊어버리거나 사장되는 경우가 많다. 메모를 잘하는 신숙영은 여기서도 빛을 발한다. 오배자나무의 또 다른 이름 붉나무는 낯선 소재이다. 그 나무의 특징을 찾아 소금 이야기를 꺼낸다. 자연스럽게 바닷가에서 자란 내 어릴 적 이야기와대조 관계를 만들고 있다. 또한 옻나무로 알고 기피했던 어릴 적 기억 속의 나무가 아니라 새롭고 신선한 나무로 다가오는 모습을 경이롭게 읽을 수 있다.

옛일을 오늘에 살리다

그 시절 어른들은 참 부지런했다. 집집마다 농사지어 이른 새벽부터 일어나 상추와 고추 열무 등, 생활에 빠져서는 안 될 채소를 심어 시장에 내다 팔았다. 이불만 한 보따리 대여섯 개 만들어 버스를 타고 시장으로 간다. 온종일 남의 상가 앞에서 여러 가지 채소를 펼쳐놓고 지나가던 행인을 붙잡았다. '연필로 노트에 편지를 쓰듯 푸성귀 늘어놓고 노을을 어깨동무하며 함께 저물었다'는 김영수 시인의 시골장이란 글은 사람이 그리워서 시골장이 선다고 했는데 어머님은 가족을 위해 채소를 팔았다.

— 「호박잎국」에서

어린 시절에 본 풍경을 되살리고 있다. 부지런하던 시절의 동적인 움직임은 오래 기억에 자리 잡는다. 요즘처럼 기계나 과학 시설로 일하던 시대가 아니다. 힘들게 살았지만 그 속에서도 낭만을 찾아내는 시를 인용하고 있어 지나간 고생이 오히려 아름답게 느껴지는 모습이다. 끈끈한 추억이 남기는 여운 탓이다. 고생한 일이 더 오래 기억되는 법이다.

어릴 적 할머니는 우물가에 앉아 호박잎은 박박 으깨고 작은 호박들도 돌멩이로 콩콩 찧어 씻는 걸 봤다. 엄마는 그 호박잎을 된장에 풀어 국을 끓였다. 그때 그 국물 맛이 어떠했는지 내 기억을 지금은 믿을 수 없다. 구수한 저녁상이었다는 것만 분명하다. 나는 그 기억을 더듬어 호박잎국을 끓여놓고 어머님 마중을 갔다.

—「호박잎국」에서

나에게 낯익은 것이 남에게는 낯선 것일 수 있다. 자란 환경이나 문화, 생활 습관이 다르기 때문이다. 이때 보편적인 것보다 다소 특이한 이야기가 신선한 느낌을 준다. 글 쓰는 사람들은 그래서 다소 낯선 대상을 찾게 된다. 아욱국이나 김칫국, 감자국 이야기는 듣고 먹어 봤지만 호박잎국은 처음이다.

호박은 비유의 대상으로 나타났을 때 대개 꺼리는 경향이 있지만 사실 둥글둥글 성격 좋은 사람으로, 구수하고 부드러운 사람으로 의인화되는 경우가 많다. 그 호박잎으로 국을 끓이는 과정이 자세하다. 충청도 지방 음식인지, 요즘도 호박잎국을 끓여 먹는지 모르겠지만 우리 주위에서 사라진 음식문화라면 이는 문화재감이 되는 소재이다. 문화재로 밀어놓을 것이 아니라 오늘에 되살려내는 것도 재미있는 일이다. 호박잎 쌈이 아니라 일부러라도 국을 끓여 뜨끈하니 맛보고 싶은 생각이 든다. 과거로 떠나는 여행과 사연, 정겨운 인정까지 다 따라와서 구수한 맛으로 퍼질 것이다.

자세를 고쳐 앉으며

몇 편의 작품을 통해 신숙영 수필의 면면을 살펴보았다. 가까운 집안 이야기부터 직장에서 또 여행길에서 만난 일들과 이야기는 소소한 소재지만 나름 특징과 분위기를 연출하고 있다.

삶 속에서는 잊고 있는 존재에 대해 다시 기억과 추억을 소환하고 오늘에 되살려내려는 의도도 살아있다. 직장에서는 열심히 살아가는 소시민적인 이야기를 통해 그렇지 않은 사람들에게 성찰할 수 있는 여지를 남겨 놓고 있다. 그리고 여행길에서 만난 대상을 통해 스스로 안목과 견문을 넓히고 세상 살아가는 신기한 이치를 깨닫고 있다.

신숙영의 소재는 일상의 메모에서 출발하는 바람직한 모습을 보이고 있다. 그것을 통해 '무엇을' 쓸 것인가를 충분히 확보하고 있다. 그 다음은 '어떻게' 쓸 것인가의 문제와 만나게 된다. 이는 글 쓰는 사람들이 하나하나 극복해 나가야 하는 과제이기도 하다. 이 부분도 평소처럼 메모하고 오래 가슴에 품고 때로 다독이고 고쳐가며 만들면 되는 일이다. 그 위에 인생길에서 쌓은 연륜까지 더해 의미로 승화시켜나간다면 신숙영은 분명 주목받는 수필가로 우뚝 설 수 있을 것이다. 그 모습을 그리는 것은 가까운 사람들의 바람이기도 하다.

신숙영 수필집

수첩이 걸어간다

초판발행   2022년 9월 20일

지 은 이   신숙영
펴 낸 이   배준석
펴 낸 곳   문학산책사

등   록   제3842006000002호
주   소   ㉾14021
            경기도 안양시 만안구 병목안로 81 성원Ⓐ 103-1205
전   화   (031)441-3337 / 010-5437-8303
홈페이지   http://cafe.daum.net/munsan1996
이 메 일   beajsuk@daum.net
제 작 처   시지시 (전화 : 0505-552-2222)

값 10,000원

ⓒ 신숙영, 2022

ISBN 978-89-92102-61-2 03810